# ツンデレ王子の新婚事情♡

殿下、初夜からすごすぎます

すずね凜

*Illustration*
SHABON



*gabriella*

ツンデレ王子の新婚事情♡ 殿下、初夜からすごすぎます

contents



gabriella

イラスト／ＳＨＡＢＯＮ

# ツンデレ王子の新婚事情

## 殿下、初夜からすごすぎます

# 序章

大陸の中心にある大国メルトリアは、温暖な気候と肥沃《ひよく》な土地に恵まれ、由緒あるシャルル王家の治世の元、人民は平和で文化的な生活を営んでいた。

大陸を西南に走る長いラーヌ川を挟んで、メルトリア王国の向かいにグランデ国がある。

グランデ国は、メルトリア王国の五分の一ほどの面積の小国だ。山々に囲まれたこの国は、山間に牛や馬を放牧する牧畜を主としている。国の生産性はあまり高くなく、人民は素朴で倹《つま》しい生活を送っている。

セレスティーナは、グランデ国を治めるジャルジェ王家の第一王女として生を受けた。小国ゆえに、王家も贅沢《ぜいたく》な暮らしとは言えなかったが、おおらかな父王と優しい母妃に愛情いっぱいに育てられ、セレスティーナはすくすくと成長した。

「セレスティーナ姫様、メルトリア王国から、『愛の日』のパーティーの招待状が届きましたよ」

侍女のロサリーが、ニコニコしながら銀のお盆に載せた招待状を持って、セレスティーナの私室に入ってきた。

「わあ、待っていたのよ。ロサリー、早く読ませてちょうだい」

セレスティーナは踊るような足取りでロサリーに近づくと、メルトリア王国の紋章である鷹《たか》の封印が捺された封筒を受け取る。

銀のペーパーナイフで封筒を切り、中に入っている二つ折りの招待状を胸ときめかせながら開いた。

「今年も我がメルトリア王国の一大行事である三月一日の『愛の日』が近づいてまいりました。つきましては、グランデ国第一王女セレスティーナ殿下を、王室主催のパーティーにお誘い致したく――ふふっ」

セレスティーナは嬉《うれ》しそうに頬《ほお》を染めてロサリーに笑いかける。

「今年は、お父上が新しいドレスを作ってくださるっていうから、とっても楽しみ！」

セレスティーナの乳母《うば》の娘で、彼女より三つ年上のロサリーは大きくうなずき返す。

「きっと姫様が、招待客のご令嬢の中で、一番たくさんお花をもらいますよ」

「うふふ」

セレスティーナは白い歯を見せて破顔する。

メルトリア王国では、三月一日に女性はお菓子、男性は花を、意中の相手や恋人、さらには夫婦間で贈り、愛を告白する『愛の日』という習わしがある。

子どもたちは子どもたちで、お楽しみ行事として、たがいに花束とお菓子の包みを贈りあって、もらったお菓子や花の数を競って楽しむ。

王城では、毎年各国の王族や高級貴族の子どもたちを集めて、大々的なパーティーが催される。ひとりひとり手籠を持ってお花とお菓子を交換し、美味《おい》しいご馳走《ちそう》が給され、様々なゲームやダンスや歌に興じるのだ。

豊かな大国主催なだけに、それはそれは豪華で趣向を凝《こ》らしたパーティーだ。

今年十歳になる隣国の王女セレスティーナも、毎年招待されるのを楽しみにしていた。

ウェーブのかかった長い蜜色のブロンドの髪、エメラルド色の瞳、苺《いちご》のような赤い唇。透けるような白い肌――天使みたいに愛らしい容姿のセレスティーナは、毎年男の子たちから溢《あふ》れるほどの花をもらう。小国の王女が、その日だけは女王様みたいにちやほやされるのが、擽《くすぐ》ったくも嬉しくてならない。

「今年は髪をアップに結ってもらおうかしら」

ウキウキと招待状の文面を最後まで読んでいたセレスティーナは、はっと息を呑《の》んだ。

「――国王代理ユベール王太弟　拝」

きゅっと心臓が縮み上がる。

「うそ……ユベール様が主催するの？」

ロサリーが声を潜《ひそ》めたセレスティーナに、取り成すように言う。

「メルトリア国王は病気がちなお方で、近年は伏せっていることも多いそうですよ。その上、王太子殿下も身体がお弱くておいでだとか。ですから、今年は王太弟のユベール様が主催者になられたのでしょう」

「ユベール様が……」

その名前を口にすると、セレスティーナの胸は複雑な気持ちでいっぱいになる。

メルトリアの王太弟であるユベールは、セレスティーナより二つ年上だ。

艶《つや》やかな黒髪に澄んだ青い目を持つとびきりの美少年だが、なぜか昔からセレスティーナには意地悪なのだ。

毎年『愛の日』のパーティーに招待されてメルトリアの王城に出向くのだが、ユベールは、会えば必ずセレスティーナに意地悪とイタズラばかり仕掛けてくる。

初めて会ったのは、確かセレスティーナが四歳になった頃だ。

その『愛の日』に母妃に連れられてメルトリアの王城を訪れて、国王陛下の御前《ごぜん》に挨拶に出向いた時だ。名前を呼ばれて少し緊張しながら、母妃と玉座の前に進み出た。

国王陛下の玉座の隣に、ちょこんと座っている少年がいた。

兄の王太子は熱を出して伏せっておられるということで、その代理としてユベールが列席していたのだ。

挨拶しながら、セレスティーナは胸がドキドキした。

まだ幼いながら彫像のように整った美貌で姿勢良く座っているユベールの姿は、とても気品があって、セレスティーナがよく読む絵本の中の王子様の姿そのものだった。

スカートを摘んで深く頭を下げていると、澄んだボーイソプラノでユベールが声をかけてきた。

「王女殿下の髪の毛は、まるでトウモロコシのひげみたいだな。今日から君は『トウモロコシ姫』と呼ぼう」

思いもかけないからかうような言葉に、セレスティーナは恥ずかしさで顔が真っ赤になった。

「口を慎みなさい、ユベール。姫君、大変失礼をした」

「陛下、まだ幼い殿下の言うことです。娘は気にしておりません」

国王陛下がすぐに叱ってくれ、母妃がとりなしてくれたが、セレスティーナは目に涙が溢《あふ》れそうになっていた。

セレスティーナのブロンドは、ふわふわでウェーブがかかっている。トウモロコシのひげに似ていないでもない。でも、女の子にいきなりそんなことを言うなんて――ひどい。

涙目でキッとユベールを睨《にら》むと、彼はバツが悪そうに顔を背けた。

それ以来、メルトリア王国の行事にお呼ばれして、ユベールと顔を合わせるたびに、からかわれたりイタズラされたりするのだ。

スカートにコーヒーをかけられたり、髪の毛を引っ張られたり、ドレスの背中に虫を入れられたこともある。セレスティーナは、なぜユベールがそんなことをするのか、理解がいかない。いかないけれど、きっと何かの理由で嫌われているのだ。

だから、なるだけユベールとは顔を合わせないようにしてきた。顔を見たら、さっとその場から逃げるようにしていた。

ほんとうは——絶世の美少年のユベールに、密《ひそ》かに心がトキメいていたのに。

ユベールは病気がちの国王陛下や兄王太子の代理として、まだ少年ながら様々な行事に参列し、その堂々とした振る舞いに皆が感嘆しているという風の噂《うわさ》を聞いている。ユベールの噂を耳にするたび、心の傷が痛むのと同時に、身体の奥が熱くなるような不思議な高揚感が湧き上がる。

『愛の日』のパーティーの時には、セレスティーナはなるだけユベールと顔を合わさないようにしてきたが、主催者ということなら、嫌でも謁見《えっけん》して挨拶をしないわけにはいかないだろう。

「今年は……やめておこうかしら」

ぼそりとつぶやくと、ロサリーが慌てた声を出す。

「そ、それはなりませんよ姫様。我がグランデ国は、大国のメルトリアのご機嫌を損ねては立ち行きません。あちらからのご招待なのですから、よほどの理由がなければお断りすることはかないません——去年は、一昨年お亡くなりになったお妃様《きさきさま》の喪《も》に服して、ご招待を辞退申し上げましたが、今年はそうも参りません。未熟者ながら、このロサリーがお供いたしますから……」

「ええ……わかっているわ、ロサリー」

まだ幼いながらも、セレスティーナだって各国の事情はうすうす理解している。

メルトリア王国と友好な関係を結ぶことは、自国には大切なことだ。ユベールと顔を合わすことは気まずいけれど、出席を断ったりしたら、プライドの高そうな彼は機嫌を損ねるかもしれない。自分のせいで国同士の関係が悪くなったりしたら大変だ。

「大丈夫、今年は一番たくさんお花をいただいて、パーティーの女王様になるから」

気をとりなおしてロサリーに微笑《ほほえ》んだ。


三月一日当日。

セレスティーナはお供の侍従たちを伴って、グランデ城から馬車に乗ってメルトリア王国を目指した。

ラーヌ川にかかった大きな跳ね橋を馬車が通過すると、すぐにメルトリア城の高い塔が見えてくる。

グランデ城とは比べものにならない勇壮《ゆうそう》で大きなお城だ。

「もうすぐメルトリア城ですよ」

向かいの座席にすわった付き添いのロサリーが、緊張した声を出す。

「ええ」

セレスティーナは息を吸い込み、ぐっと顎《あご》を引いた。

今年は初めてノースリーブのドレスを着て、長い髪をアップに結った。

ちょっと大人になったみたいで、不安と期待にドキドキする。

皆どう思うだろう――とりわけ、ユベールは……。

城の正面玄関から馬車を降り、迎えに出たメルトリアの侍従に案内され、国王陛下の謁見室に挨拶に向かう。

いつもはユベールの父の国王陛下が謁見するのだが、今年は違う。

王太弟のユベールが謁見するのだ。

(落ち着いて、落ち着いて……)

謁見室のドアの前で、何度も深呼吸する。

「グランデ国第一王女セレスティーナ様のお着きです」

呼び出し係が扉の前で声を上げると、内側から扉が開く。

「お入りなさい」

まだ変声期前の澄んだアルトの声が中から響いてきた。

どきん、と心臓が高鳴る。

「失礼します」

セレスティーナはスカートを軽く摘み、頭を下げてしずしずと謁見室に入った。

赤い絨毯《じゅうたん》を敷き詰めた先の階《きざはし》の玉座に、ユベールが座っているはずだ。

「ようこそ参られた、セレスティーナ王女」

ユベールは、かしこまったセリフも堂に入《い》っている。

「ご招待、ありがとうございます。王太弟殿下」

セレスティーナも思い切り気取った声を出し、ゆるゆると顔を上げた。

「――」

「……」

二人の視線が絡む。

今までは半ズボンに絹の靴下姿だったユベールは、今年は国王代理という立場からか、豪華な刺繍《ししゅう》を施したジュストコールにトラウザーズ姿で、とても大人っぽくて格好がよかった。少しあどけなさを残した美貌も凛々《りり》しくてとしていてほんとうの国王様みたいだ。

やっぱり素敵だ——内心セレスティーナはうっとりつぶやく。

だが、次の瞬間、ユベールはくすくす笑いながら軽口を叩《たた》いたのだ。

「ふふっ、ずいぶん頑張ったドレス姿じゃないか？　トウモロコシ姫」

「っ——！」

かあっと頭に血が上る。

確かに少し背伸びをしたドレスだったかもしれない。

でも、自分ではとても似合っていい感じだと思っていたのに。悔しくてその場から逃げ出したかったが、自分はグランデ国の王女なのだと言い聞かせて必死で踏みとどまった。

「お……おそれいりますっ、し、失礼いたしますっ」

声が震えてしまったが、頭を下げて挨拶した。

そして、そのまま素早く後ずさりして、謁見室を出た。

唇を噛《か》み締《し》めて、ロサリーが待つ控え室に向かう。

やっぱりユベールは意地悪なままだ。

しばらく落ち込んでいたが、やがてパーティーの準備が整い、招待された子どもたちが大広間に呼ばれると、そんな気持ちもいくらかおさまった。

グランデ城が丸ごと収まってしまいそうなほどの大広間は、花やモールで美しく飾り付けられていて、入り口でおとぎ話の登場人物の仮装をした侍従たちが、一人一人に手籠を渡してくれる。その中には、女の子はお菓子の包み、男の子は小さな花束がぎっしり入っている。

大広間の中央の長いテーブルには、見たこともないようなご馳走がどっさり用意され、招待された子どもたちが所望すれば、ウェイター役の侍従が好きなだけ皿に盛って差し出してくれる。

庭に張り出した大きなバルコニーでは、宮廷音楽団が優美な曲を奏《かな》でている。

大広間の上座には、立派な椅子に座ったユベールの姿があった。主催者の彼は、行事には参加しないようだ。セレスティーナは少しほっとする。玉座に近づかなければ、ユベールと接触しないですむ。

不意に、鸚鵡《おうむ》の仮装をした太った侍従が、手にした銀の呼び出し棒の鈴を振りながら、大声で言う。

「では、皆さん！　今からお菓子とお花の交換をしましょう！　これぞと思う方に声をかけてくださいね！」

歓声が上がり、招待された子どもたちは手籠の中のお菓子や花束を、気になる異性にプレゼントし始める。

セレスティーナの周りには、わっと小さな貴公子たちが集まってきた。

「グランデ国の姫君。私はミヤンタ帝国の第二皇子トニヤです。お花をどうぞ！」

「姫君、オーランド公爵家の長子ハロルドです。ぜひ、あなたからお菓子をいただきたく」

「イベル侯爵家の次男ジムニーです。愛らしいあなたにこの花を捧《ささ》げます」

皆、可憐《かれん》なセレスティーナの気を引こうと、てんでに花束を差し出す。

「まあ、ありがとうございます」「ご好意感謝します」「謹《つつし》んでいただきます」セレスティーナは天使のような笑顔を浮かべ、一人一人から花束を受け取っては、お返しに手籠の中のお菓子の包みを差し出した。

こんなにちやほやされるのは、やっぱり乙女心がくすぐられて嬉しい。

プレゼント交換をしながら、セレスティーナはちらちらと玉座に座っているユベールの方を気にかけた。

彼は王様然として、挨拶に来る来賓《らいひん》に声をかけている。こちらを見ようともしない。

少しほっとしたが、なんだか物寂《さび》しい気持ちにもなる。

実は――。

セレスティーナは国から、自分で作ったお菓子の包みを一つだけ持参していた。

一昨年ぶりに会うユベールは、もしかしたら少しは成長して、セレスティーナに優しい態度を取ってくれるかもしれない。そうしたら、思い切ってこの手作りのクッキーの包みを渡したい――そう密かに思っていた。

けれど、謁見室でのユベールの態度は相変わらず意地悪で、がっかりしてしまった。このお菓子を渡す機会はなさそうだ。

あっという間に手籠の中のお菓子は無くなり、花束で埋め尽くされた。

楽団の奏でる曲がスローなワルツに変わる。

ダンスタイムに入ったのだ。

小さな紳士淑女《しゅくじょ》は、恥じらいながらも手を繋《つな》いで輪になり、賑《にぎ》やかに踊りだす。

セレスティーナはそっと庭に面したベランダから、大広間を抜け出した。

「ふうっ……」

少しはしゃぎすぎてしまったので、一人になりたかったのだ。

綺麗《きれい》に手入れされた庭園の奥に、美しい池がある。そこまで行って、池のほとりにしゃがみ込んだ。澄んだ池の水面に、自分の顔が写っている。頬がピンク色に染まり、とても幸せそうだ。

でも――。

セレスティーナは、スカートの物入れに入れていた手製のお菓子の包みをそっと取り出す。

「これ、どうしよう……」

そうつぶやいた途端、水面に映る自分の背後に、ぬっと少年の顔が現れた。

「きゃっ」

慌てて振り返ると、そこにユベールが立っていた。脈動が一気に速まった。

「ごきげんよう、トウモロコシ姫。お一人でどうなさったかな？　誰からもお花をもらえず、しょんぼりしているのかな？」

ユベールはからかう口調で言う。

「かわいそうだから、この余った花を君にあげよう」

彼は背中に隠していた一輪の花を、差し出した。

見たこともない青みがかった美しい花だ。

でもセレスティーナはむっとして、思わず言い返してしまう。

「おあいにく様、殿下。私はこんなにいっぱいお花をいただきました。手籠をかざし、自慢げに。どのお方も、私のことをとても褒めてくださいました」

ユベールが綺麗な眉を顰《ひそ》める。

セレスティーナはやり込めてやったと、少し気持ちがいい。

と、いきなりユベールはセレスティーナから手籠を奪い取った。

「あっ」

「なんだ、こんな花！」

彼はそのまま手籠を池に放り投げてしまった。

「ああっ」

ぽしゃんと手籠が池の真ん中に落ち、花束が全部零《こぼ》れて池に浮いた。

「ひ、ひどい……っ」

セレスティーナは呆然《ぼうぜん》とする。

「あんな花より、私の花の方がずっと価値があるぞ。さあ受け取れ」

ユベールが高慢そうに言う。

「ひどいわ、殿下、あんまりです！」

セレスティーナは悔しくて悔して、鼻の奥がツンと痛んだ。

次の瞬間、わっと泣き出してしまう。

「ひどい、ひどい、いじわる、ひどい……っ」

ポロポロ涙が溢れた。

楽しみにしていたパーティーを台無しにされた。ほんとうはユベールのことが好きだったのに、こんなひどいことをされて、もう大嫌いだ。

さすがにユベールはまずかったと思ったのか、しゃくりあげるセレスティーナの前に跪《ひざまず》いて、顔を覗《のぞ》き込んで、謝罪の言葉を口にした。

「す、すまない――やりすぎた。泣くな」

「う、ううっ……うう」

セレスティーナは顔を背け、ひくひく肩を震わせた。

もうユベールの顔も見たくない。

「泣くな――」

ユベールの声が困惑したように低くなる。

聞く耳を持たずに泣き続けていると、彼の手がそろりと顎の下に触れてきた。

「?」

びくりとして顔を上げ、思わずユベールの方を向くと、すぐそこに彼の端整な顔があって、目をまん丸にした。

視界がユベールでいっぱいになった。彼の澄んだ青い瞳に吸い込まれそうな気持ちになる。

「殿下……?」

「泣くな」

あっと思った瞬間、何か柔らかいものが唇に押し付けられる。

「んっ……?」

それがユベールの唇だと悟《さと》るまで、数秒かかった。

「ん、ん……」

生まれて初めて異性にキスされた。

にわかに鼓動が速まり、頭にかあっと血が上った。

どうしていいかわからず、硬直したまま目を見開く。

ユベールが身にまとう甘いオーデコロンの香りが鼻腔《びこう》を満たし、緊張が頂点に達しているのになぜかうっとりしてしまう。

「……ん……」

ユベールがわずかに唇を撫《な》でるように動かすと、その甘美な感触に頭の芯が蕩《とろ》けて、夢見心《ごこ》地《ち》になった。

そっと目を閉じ、キスを味わう。

心臓がばくばくいって、今にも弾《はじ》けそうだ。

それはほんの数十秒だったかもしれないけれど、セレスティーナには何時間も経《た》ったように思われた。

やがて、ユベールがそっと顔を離す。

セレスティーナはぼんやりと彼の顔を見つめていた。

「セレスティーナ」

ユベールがそっと名前をつぶやく。

初めて彼から名前を呼ばれた。

胸がきゅんと痛んだ。

「いいか、他の男になんか媚《こび》を売るな」

ぴしりと言われ、はっと我に返った。

「こ、媚なんか……っ」

真っ赤になって言い返そうとすると、ユベールはセレスティーナが手にしていたお菓子の包みに目を留め、それをひったくるみたいに奪い取った。

「あ……っ」

「これはいただく。そら、受け取れ」

ユベールは持っていた青い花をセレスティーナの手に押し付けた。

それから彼は、さっと立ち上がる。

「また会おう――トウモロコシ姫」

セレスティーナは正気に戻り、恥ずかしさと怒りに声を失う。

ユベールはセレスティーナを残し、その場から足早に立ち去った。

「……」

しばらくセレスティーナは茫然自失《ぼうぜんじしつ》のまま、その場にしゃがみ込んでいた。

まだ何が起こったのか理解できない。

でも、池一面にぷかぷか浮く花束の数々を目にした途端、口惜しさが込み上げた。

せっかく交換した花束を捨てられ、初めてのキスを奪われ、密かに渡そうと思っていたお菓子の包みを強引に取り上げられたのだ。

「ひどい、殿下……ひどいです」

キスの余韻がまだ唇の上に残っていて、それが甘美な分、怒りも強くなった。

なんて勝手な王太弟だろう。

「きらい、だいきらい、殿下なんて、だいきらいだから」

自分に言い聞かすみたいに、何度もつぶやいた。

その日は気分が悪くなったと言い訳して、パーティーは途中辞退して客室で休ませてもらった。

ソファの上に横になりながら、セレスティーナはテーブルの上の水差しに挿《さ》した青い花をぼんやりと見つめている。

あんまり悔しいから捨ててしまおうと思ったけれど、花には罪はないと思い返したのだ。

「姫君、ご気分はいかがですか？」

侍女のロサリーが、お茶を載せた盆を持って入ってきた。

「ありがとう、ロサリー。もうずいぶんいいわ」

セレスティーナはゆっくりと身を起こした。

「申し訳ありません。私が付いていながら、姫君のご体調に気が回らず」

お茶のカップを差し出しながら、ロサリーがしゅんとして言う。

セレスティーナはカップを受け取って首を振る。

「ううん、お前のせいじゃあないわ」

意地悪なユベールのせいよ、と内心つぶやく。

ロサリーは、ふとテーブルの上の水差しの青い花に目をやった。

「まあ姫様、このお花はどうなさったのです？」

「……パーティーでいただいたの」

ユベールからだとは口にしなかった。

ロサリーはまじまじとその青い花を眺め、喜ばしそうに言う。

「これはユマの花といって、この国でも高山にごくわずかしかないという珍しいものですよ。

それに花びらが五枚。普通は四枚だそうで、五枚の花びらのユマの花は、幸運を呼ぶと言ってとても珍重されているのだそうです。きっと、姫君のことをとても想《おも》ってくださる方からでしょうね？」

「さあ……どなたからいただいたのか、忘れたわ」

お茶を啜《すす》りながら、セレスティーナは素知らぬふりで言った。

きっとユベールはあの花の由来《ゆらい》など知らずに、花瓶からでも抜き取ってきたものを、無造作にセレスティーナに押し付けたのだろう。「余りもの」だなんて言っていたもの。

無意識でも珍しいお花をユベールがくれたのだという事実に、少しだけ胸がときめいてしまう。でも首をぶんぶん振って、そんな気持ちを振り払った。

グランデ国に戻ると、セレスティーナはユベールからもらった青い花を、こっそりお気に入りの本の間に挟んで、机の引き出しの奥にしまいこんだ。

「私、来年からはもうおよばれしないわ」

そう口の中でつぶやきながら。

これ以上ユベールに会うのが辛《つら》い。憧れている分、意地悪されるととても悲しい。

淡い初恋も本の中に一緒に閉じ込めて、封印しようと思った。

そして翌年から、セレスティーナはメルトリア王国からの『愛の日』のパーティーの招待を辞退した。

年頃になってきて、ああいう子どもの行事に参加する年齢でなくなったこともあって、周囲やメルトリア王国からもクレームがくるようなことはなかったのでホッとした。
月日が流れ――。
メルトリア王国では国王が死去、ユベールの兄の王太子が国王の座に就《つ》いた。
ユベールは第一王弟殿下となったのだ。
その間、セレスティーナがユベールと顔を合わせる機会はまったく無かったのである。

# 第一章　私が王弟妃に？

セレスティーナが、もうすぐ十七歳の誕生日を迎えようとしている年――。

二月のうららかな小春日和《こはるびより》のある日。

セレスティーナは、六頭立ての立派な馬車に揺られていた。

目指すはメルトリア王国である。

今日、セレスティーナはメルトリア国第一王弟殿下ユベールの元へ、輿入《こしい》れするのだ。

馬車の窓から移りゆく景色をぼんやり眺めながら、セレスティーナはまだこの事実が受け入れられないでいた。


先々月のことである。

セレスティーナは父王に呼び出され、王の私室に出向いた。

わざわざ呼び出すなんて、なんの用だろうと思いつつ、王の私室の扉を叩いた。いつもなら忙しい父王は、晩餐《ばんさん》の席でのみセレスティーナと会話を楽しむ。だから、何か緊急で重大な話なのだろうと予測していた。

「父上、セレスティーナです。入ります」

ノックして内側にいる侍従が開いた扉から中へ入ると、父王は黒檀《こくたん》の机で何か書き物をしていた手を止め、素早く立ち上がった。

「わざわざ呼び出したりしてすまぬな、セレスティーナ、そこへお座り」

父王が傍《そば》のソファを勧めたので、セレスティーナはそこへ腰を下ろす。

「いいえ、なにごとでしょう?」

父王は手を振って侍従たちを下がらせると、セレスティーナの向かいに座り、おもむろに口を開いた。

「——お前は、さ来月で十七歳になるね」

「はい。社交界デビューが許されるので、とても楽しみにしています」

「うむ——」

父王はしばらく無言で自分の手元を見つめていたが、やがて顔を上げてセレスティーナをまっすぐに見た。

「実は——お前に結婚話が持ち上がっている」

「え?」

セレスティーナは目をパチパチさせた。

あまりの不意打ちに、すぐには父王の言葉が頭に沁《し》みてこなかったのだ。グランデ国では十七歳から結婚が認められていたが、今までそんな話は少しもなかったので、呆然としてしまう。

「け、結婚、ですか？」

「うむ」

「あ、あの、お相手は？」

おそるおそる尋ねると、父王は視線をわずかに逸《そ》らして答える。

「かのメルトリア王国の、第一王弟ユベール殿下だ」

セレスティーナはさーっと全身から血の気が引くような気がした。

「ゆ、ユベール？　殿下、ですって⁉」

信じられない。ずっとセレスティーナのことを嫌っているはずのユベールが、よりによって求婚などしてくるものだろうか。

「嘘《うそ》です、あの方が私と結婚するはずが……」

「──私が、メルトリア王国へ縁談の話を持ち込んだのだ」

「……」

父王の口調があまりに苦しそうなので、セレスティーナは言葉を呑み込んだ。

「ここ数年、我が国は穀物の病が蔓延《まんえん》して、農作物や畜産物がずっと振るわないのは、お前も知っていよう」

「はい……」

父王の言う通りで、もう何年も、穀物が根腐《ねぐさ》れしてしまう病が国中に流行《はや》り、グランデ国史上例を見ない不作と不況が続いていた。各地方の民たちへの援助で、国庫も底をつき、多大な借金が嵩《かさ》んでいるという。事実、王城内でも節約が推奨《すいしょう》され、セレスティーナもお古のドレスの裾を下ろして着ていた。食事も極力慎《つつ》ましいものに制限されている。それでも、セレスティーナは国のためだと思い、文句ひとつ言ったためしはない。

父王は深いため息をついた。

「ここにきて、もはや万策尽きた。国庫は破算寸前だ。このまま不作が続けば、グランデ国自体が滅びてしまうかもしれぬ」

「そんな……！」

父王はそっとセレスティーナの手を取った。

「メルトリア王国では、婚姻の話を承諾してくれた。お前の婚姻を機に、この国に多大な援助をしてくれるというのだ」

「父上……」

父王の表情は今まで見たこともないような悲痛さだった。

父王は、一人娘のセレスティーナをことのほか大事にしてくれた。母妃が早世してからは、目に入れても痛くないような可愛《かわい》がりぶりだった。その父王が、自ら娘の政略結婚を打診したという。

よほどの苦渋の決断。それほどまでに、国の経済は切羽《せっぱ》詰まっているということだ。

セレスティーナはじっと考えた。

ユベールと結婚するなんて、思いもよらなかった。

嫌われている相手に嫁ぐなんて――。

でももともと、王家の娘のセレスティーナは、ゆくゆくはどこかの身分の高い貴族か王族の元へ嫁ぐことが義務だと思っていた。

その相手が、かつての想い人の男性なら、少しは気持ちも救われるかもしれない。

なにより、国の存亡の危機なのだ。

否応《いやおう》もない。

「父上、ご心配なさらないで。願ってもない大きな縁談ではありませんか。私は喜んでメルトリアに嫁《とつ》ぎます」

必死で笑顔を浮かべて答えた。

「セレスティーナ――すまない」

父王は万感の思いを込めたように、ぎゅっと手を握ってきた。

セレスティーナの内心は、嵐みたいに荒れ狂っていた。

もう何年もユベールとは顔を合わせていない。どのような青年になったのだろう。

まだセレスティーナのことを嫌っているとしたら、彼はどんな気持ちでこの縁談を了解したのだろう。少しはセレスティーナのことを気に入ってくれるのだろうか。

不安と期待――二つの相反する感情がセレスティーナの胸を掻《か》き乱す。

複雑に揺れるセレスティーナの気持ちとは裏腹に、縁談の話はトントン拍子に進んだ。

メルトリア王国は結婚の支度や費用はすべてこちら側でするると申し出てくれて、セレスティーナは身ひとつで嫁ぐことになった。翌々月には、セレスティーナはメルトリアに嫁ぐための馬車に乗る身となったのだ。


（まだ夢の中にいるようで、信じられない……）

セレスティーナは道中ずっと考えごとに耽《ふけ》っていた。

「姫様、もうすぐ川を渡りますと、『国別れの儀式』の天幕が見えて参りますよ」

セレスティーナに付き添っていた侍女のロサリーが、声を潜めてささやいた。

「あ、もう……？」

セレスティーナははっと顔を上げる。

メルトリア王国の習《なら》わしで、他国から嫁いでくる女性は、メルトリアに入る前に、自国で身につけてきたものを一切脱ぎメルトリア製のものに着替えるのだ。侍従も一人を除き、全員帰されてしまう。

これを『国別れの儀式』という。

そこで、女性は身も心もメルトリア王国に捧げますという意思表示をするのだ。

セレスティーナは唇をきゅっと噛み締め、胸の中で覚悟を決める。

（しっかりするのよ、セレスティーナ。ユベールがどんなに意地悪でひどい人だって、負けないもの……！）

一方で。

メルトリア王城では、王弟殿下ユベールがいらいらと控えの間を行ったり来たりしていた。

「まだか？　まだグランデ国からの馬車は到着せぬか？」

ユベールのお付きの侍従で秘書官でもあるエングが、苦笑まじりに声をかける。

「そんなに待ち遠しいのなら、ご自身からお迎えに上がったらいかがですか？」

ユベールは、耳に血が上《のぼ》るのを感じながら、キッとエングを睨みつけた。

「誰が待ち遠しい、などと言った？　私はただ、姫君が事故にでも遭《あ》わないかと、それだけを心配しているのだ」

エングは肩を竦《すく》めた。

「御意。では、私が様子を窺《うかが》って参りましょう」

「うむ――」

乳兄弟でもある五つ年上のエングは、幼い頃からユベールに仕え、気心が知れている分、忌《き》憚《たん》ないことをしれっと言う。

エングが控え室を出て行くと、ユベールは落ち着かなげに椅子に腰を下ろす。

王弟殿下らしく堂々とせねば、セレスティーナに失望されてしまうかもしれない。

だが、どうしても口元が緩んで心が浮き立つのを抑えることができない。

セレスティーナが、とうとう自分のものになる。

それを考えるだけで、ダンスのステップでも踏みたい気分になってしまう。

そう——ずっとずっと、もう幼い頃からユベールはセレスティーナに恋い焦《こ》がれていたのだ。


最初に出会ったのは、彼女が四歳かそこらの頃だろうか。

ふわふわの煙るような金髪、お人形さんみたいに整った小作りの顔に、緑色のぱっちりした瞳がとても印象的だった。透き通るような色白な肌も、まるで妖精みたいな美しさで、七歳だったユベールは、ひと目でセレスティーナに魅了されてしまった。

だが、早くに母妃を亡くし、病気がちな父王と同じく病弱な兄王太子の代理として、幼い頃から公《おおやけ》の場で王家の人間として威厳を持って振る舞うことを強《し》いられてきたユベールは、自分の内面を素直に出す術《すべ》を知らなかった。

彼女の気を惹《ひ》こうとして、わざといじめるような行動ばかりしてしまう。

セレスティーナが困惑してこちらを見つめる表情がたまらなく可愛くて、ついついちょっかいを出してしまうのだ。

おかげで幼いセレスティーナにはすっかり嫌われてしまった。

その後も彼女は何度かメルトリア王国を訪問したが、ユベールの顔を見ると、逃げるようにその場から立ち去ってしまうのだ。声をかけることもできなかった。

ユベールは自分の浅はかな行動を大いに後悔した。

セレスティーナが七歳で母妃が逝去《せいきょ》した時には、グランデ国にすっ飛んで行って慰めてやりたかった。

自分の母妃も早死にしているので、同じ悲しみを共有できたはずだ。

だが、父王代理の行事を多数抱えていたユベールには、自由に動ける時間はなかった。

だから、セレスティーナの母妃の喪《も》が明けて、十歳になった彼女が久しぶりにメルトリア王国主催のパーティーにやってくると知った時には、天にも昇らんばかりに気持ちが高揚した。

どんな少女に成長したろうか。きっととびきりの美少女になっているに違いない。

今度こそ、ちゃんと自分のほんとうの気持ちを伝えよう。

どうしたらいいだろう。

ユベールは頭を巡らせ、『愛の日』に女性に贈る花に気持ちを込めて渡そうと考えた。

普通の花ではダメだ。

メルトリアでは、ユマという高山に咲く青い花がある。希少種で、めったに見つからない花だ。もともと四枚の花びらだが、ごくまれに五枚のものがある。この五枚の花びらをつけたユマの花を見つけたものは、大きな幸運が訪れると言われていた。

あの花をセレスティーナに贈ろう。

ユベールは寝たきりになっていた父王に代わり、パーティーの主催者に任命されていた。

ユベールには病弱な兄王太子の他に、父王と側室の間に生まれた弟のシャルルがいたが、二歳年下の彼はまだ幼い上に少し気が弱く、国王代理で政務をこなすことは到底できなかった。

したがって、すべての行事の代行は、ほとんどユベールが担《にな》う形になっている。

ユベールは各国の貴賓を招いてのパーティーの準備で、分刻みのスケジュールに追われていたが、秘書のエングに命じて、なんとか一日だけ空いている日を捻出してもらった。

その日は夜明け前から起きて、お供の侍従たちを引き連れて山に向かった。

四苦八苦で高山を登り、夢中になってユマの花を探したのだ。

しかし、希少種だけになかなかユマの花は見つからず、たまに咲いているのを発見しても花びらが五枚のものは皆無だった。

ユベールは食事も休憩も取らず、必死になって探した。

やがて日が傾き始め、下山の時間が迫ってきた。

「殿下、そろそろお城に戻りませんと、暗くなってからでは山は危険です」

侍従に促され、ユベールは唇を噛み締める。

「わかっている——あと、十分だけくれ」

そう言い置いて、崖の斜面沿いに捜索を続ける。

と、切り立った崖の上の方に、群生しているユマの花を見つけた。

「あった」

ユベールは夢中になって崖をよじ登った。

「殿下、危険です！　お戻りください！」

後から付いてきていた侍従たちが大声で呼び戻す。しかし、ユベールの耳には届かない。

土まみれになって、ユマの花の咲いている張り出した岩棚の上に辿《たど》り着く。

「ないか。五枚の花は、ないか」

ユベールは片手で岩棚にしがみつき、もう片方の手で花を探った。

と、ふいに足元の岩が崩れた。

「あっ」

と、思った時にはふわりと身体が浮いていた。

次の瞬間、ユベールは崖から転がり落ちてしまったのだ。

「殿下っ！」

侍従たちが悲鳴を上げる。

幸い、まだ少年の軽い身で、崖下の突き出した木の茂みに引っかかって受け止められた。

「つう――」

全身が掻き傷だらけになり、ユベールは呻《うめ》きながら茂みから起き上がる。

「殿下、ご無事ですか？」

侍従たちが真っ青になって駆けつけてきた。

「ああ――すまぬ、大丈夫だ」

自分のわがままで侍従たちに余計な心配をかけたことを、その時になってユベールはやっと悟る。

「もう――城へ戻ろう」

諦めて立ち上がると、侍従の一人が目を輝かせてユベールの右手を指す。

「殿下、その花は――」

言われて気がつくと、右手に一本のユマの花が握られていた。

「あっ」

その花は五枚の花びら。

信じられなくて、何度も花びらの数を数えてしまう。

「おめでとうございます、殿下！」

侍従たちも嬉しげだ。

「うん――」

大げさに感情を表に出すたちではないユベールは、短く答えるのみ。

だが、心臓は興奮でバクバクしていた。

これをセレスティーナに渡して、気持ちを告白しよう。

ユベールの胸は甘酸っぱい気持ちでいっぱいだった。

『愛の日』当日。

謁見に訪れたセレスティーナは、見違えるほど大人びて美しくなっていた。自分が想像していたより、何倍も綺麗になっていた。

ほっそりした白い腕が目に眩《まぶ》しく、アップにした髪型もとても素敵だ。

でもあまりに気が動転し、つい、今まで通りの軽口を叩いてしまった。

さっとセレスティーナの表情が曇るのを見逃さなかった。

彼女が退出した後、ユベールは自分を思い切り殴りたかった。

今日こそは、今日こそはと思っていたのに。

だがまだ機会はある。

あのユマの花を、なんとしてもセレスティーナに渡すのだ。

しかし、主催者のユベールは賓客《ひんきゃく》の応対に追われ、なかなか席を外せない。大広間の玉座から、ちらちらとセレスティーナの姿を探す。美少女のセレスティーナは、たくさんの男子に囲まれて、ちやほやとされ花束を差し出されて嬉しそうだ。

ユベールは焦《あせ》りが募《つの》る。

午後になって、やっと休憩時間が取れ、大事に保管してあったユマの花を手にし、夢中でセレスティーナを追いかけた。

庭園の池の側に腰を下ろしている彼女を見つけ、ドキドキしながら近づいた。

しかし、セレスティーナの顔を見るとつい、いつもの偉そうな口調になってしまう。

せっかく差し出したユマの花を、彼女は受け取ろうとしなかった。ツンとして、他の男子からもらった花束を見せびらかしたのも気に入らない。

あんなに苦労して探した花なのに。

カッとなって、思わず彼女の手から花束の入った手籠を奪って、池の真ん中に投げ捨ててしまった。

可哀想《かわいそう》に、セレスティーナはしくしく泣き出してしまった。

ユベールは気が動転して、どうしていいかわからない。泣かせるつもりなんかなかった。君がずっと好きで、君の笑顔が大好きで、君だけを見ていたい――この気持ちを伝えたかっただけなのに。

泣き止ませる方法がわからず、夢中でキスをしてしまった。

甘い。

なんて柔らかくて甘い唇なんだろう。

ユベールはうっとりしてしまう。

初めてのキスが大好きな女の子となんて、夢みたいだ。

けれど、キスの後で我に帰り、あまりに恥ずかしく気まずくて、ユマの花をセレスティーナに押し付けると、彼女が手にしていたお菓子の包みを引ったくり、逃げるようにその場から走り去ってしまった。

またもや失敗してしまった。

周囲からは、年若いのに聡《さと》くて落ち着いた立派な弟王子ともてはやされているのに、セレスティーナの前では醜態《しゅうたい》しか見せられない。どうしてうまくできないのだろう。

笑顔どころか、自分の前ではセレスティーナは怯《おび》えるか泣き顔しか見せたことがない。どうしたら彼女の心を捕らえることができるのだろう。

奥歯を噛み締めて夢中で大広間に駆け戻りながら、ユベールは思う。

絶対にセレスティーナをお嫁さんにするんだ。

彼女が年頃になれば、多くの青年から求婚されるだろうことは想像に難《かた》くない。

その前に、奪う。

誰にも渡さない。

自分だけのセレスティーナにして、それから存分に気持ちを伝えればいい。

どんなに愛《いと》しく思っているかを、生涯かけてわかってもらうのだ。


セレスティーナは川岸の天幕の中で、グランデ国から身に着けてきたものをすべて脱ぎ、メルトリア製のドレスと装飾品を身に着けた。

メルトリアのドレスは、グランデのそれとは比べものにならないほど手の込んだデザインと最高級の素材でできていて、装飾品も高価で粒の揃《そろ》ったダイヤモンド。あからさまな国力の違いを見せつけられる。着替えると、あまりにも豪奢《ごうしゃ》な装《よそお》いで、身も心も別人になったような気がした。

その後、司祭立会いのもと、国を捨てる誓いの言葉を述べた。

大勢付き従ってきた侍従たちは、そこから来た道を戻っていってしまう。

最後に残ったのは、気心のしれた忠実な侍女のロサリーだけになった。

「姫君、私は終生お側《そば》に仕えることを誓います。どんな時でも、姫君にお味方します」

ロサリーは涙ぐみながら言う。

たった一人で異国に嫁ぐセレスティーナを、哀《あわ》れと思ったのだろう。

「ありがとう、ロサリー。でももう覚悟はできているの、私は大丈夫よ」

セレスティーナは笑みを浮かべて答える。

それは自分に言い聞かせる言葉でもある。

ほんとうは、不安で不安で仕方ない。

でも、あのユベールがどんな青年に成長したのか、それを思うと淡く甘い期待で胸がときめいてしまう。

相反する気持ちを心に秘めつつ、セレスティーナはメルトリア城からの迎えの馬車に乗り込んだ。

メルトリアの王城に来るのは何年ぶりだろう。

少女の頃の記憶より、ずっと堅牢《けんろう》で厳《いかめ》しい雰囲気がある。自分の不安定な気持ちがそう見せているのかもしれない。

ロサリーの手を借りて馬車から降りると、玄関前の大きな階段の前にずらりとメルトリアの重臣や侍従たちが並んで出迎えていた。

その中から、立派な司祭の服装をした恰幅《かつぷく》のよい初老の男性が進み出て、恭《うやうや》しく挨拶する。

「ようこそ、グランデ国王女殿下。一同お待ちしておりました。私はハーレ枢機卿《すうききよう》と申します」

ハーレ枢機卿は、貴族議会の議長も務め、病弱な国王に代わり政務を仕切っていると聞き及んでいる。いくらユベールが有能といえど、年若い彼だけで国を動かすことは難しいのだろう。

ハーレ枢機卿は細い目をさらに細め、口の中でぼそりとつぶやいた。

「王弟殿下にも困ったものよ――こんな小国の王女を娶《めと》るなど」

セレスティーナははっとして、我が耳を疑う。顔を強張《こわば》らせていると、ハーレ枢機卿は何事もなかったようなそぶりで、背後に声をかける。

「シャルル殿下、どうぞご挨拶を」

ハーレ枢機卿の陰に隠れるようにして、一人のほっそりした青年が進み出てきた。地味な風貌だがどことなくユベールの面影を彷彿《ほうふつ》とさせ、王族の紋章が刺繍されたジュストコールを着ている。

「あの――王女殿下、歓迎いたします。私は第二王弟のシャルルです」

シャルルは消え入りそうな声で挨拶する。

ではこの方が、ユベールの母親違いの弟殿下なのだ。確かセレスティーナと同い年のはずだ。大人しくてとても内気そうで、気位が高く社交的なユベールとは対照的だ、とセレスティーナは思う。

セレスティーナは先ほどのハーレ枢機卿の不敬な発言でひどく動揺していたが、王女らしく品位のある口調で返そうとした。

「セレスティーナ・ジャルジェです。本日より、貴国でお世話に――」

「来たか！」

突然、よく通る張りのある青年の声がした。

はっと顔を振り向けると、城の玄関階段を大股で降りてくる背の高い人物が――。

「あ」

セレスティーナは息を呑んだ。

目も眩《くら》むような美青年がそこにいる。

風になびくさらさらの黒髪に、澄んだ青い目、彫りの深い鼻筋が通ったとびきりハンサムな顔立ち。きりりと凛々《りり》しい口元。すらりとした長身に手足の長い均整のとれたプロポーションで、純白の軍服風の正装がぴったり似合っている。

彼はさりげない手つきで居並ぶ重臣や侍従たちに合図した。

さっと左右に、人垣が割れる。その間を、青年は美しい脚さばきで歩いてくる。

その威厳ある態度は、まるで国王そのものみたいでとても格好がよかった。

（ユベール様……！）

何て素敵な青年になったんだろう。ああ、こんな美しいひとと結婚できるなんて――。

セレスティーナは胸がきゅんと甘く疼《うず》き魅入られて、ぼうっとその場に立ち尽くした。

目の前に立ったユベールのほうも、じっとこちらを見つめている。

二人は無言で数秒間も見つめ合っていた。

ふいに、互いになんだか気まずくなって顔を背けた。

「え――あ」

ユベールが何度か咳払《せきばら》いをし、先ほどの張りのある声とは打って変わった不機嫌そうな声で言う。

「うむ、ようこそ――トウモロコシ姫」

とたんにセレスティーナは現実に引き戻された。

ぜんぜん変わっていない。

どんなに素敵な外見になっても、彼はあの意地悪なユベールのままだった。

セレスティーナはがっかりしてしまう。

硬い口調で挨拶を返す。

「お世話になります、殿下」

短く答えて、つんと顎を引いた。

ぴくりとユベールの片眉が不機嫌そうに吊《つ》り上がる。

彼は声を潜めて高慢そうに言う。

「私の妻としてメルトリア王家の一員なるのだ。もっと嬉しそうにしたらどうだ？」

セレスティーナはかっと頭に血が上る。

先ほどのハーレ枢機卿の発言もそうだが、ユベールにも貧窮しているグランデ国を見下されたように感じた。ここで引いてはならない。

「私は祖国のためにこの身を捧げる覚悟でまいりました。別に――う、嬉しいとか、そういう感情はございません」

虚勢を張って言い返すと、ユベールはますますむっとした表情でこちらを睨んでくる。厳しい表情でも凄《すご》みがあるくらい美しい、吸い込まれそう――けれど、そんな感情は押し隠し、負けじと彼の視線を受け止める。

もうユベールに意地悪されてめそめそ泣いていたあの頃とは違う。グランデ国の威信にかけて、立派にこの婚姻を成し遂げるのだ。だから馬鹿になんてされたくない。

二人がいつまでも睨み合っているので、見かねたのかシャルル王弟殿下が控えめに声をかけてきた。

「あの――王女殿下は長旅でお疲れでしょう。兄上、お部屋にご案内してさしあげては?」

ユベールは気がついたように居ずまいを正す。

「うむ、そうだな。では王女、あなたの部屋へご案内しよう」

彼が肘を張って右脇を空けたので、セレスティーナは礼儀通り自分の左手をそこへ添えた。服の上からでもありありとわかる引き締まった筋肉の感触に、心ならずも脈動が速まってしまう。

ユベールに手を取られ、しずしずと玄関ホールへの階段を上っていく。

ユベールは無言のままだが、さりげなくセレスティーナの歩調に合わせて進んでくれるのを感じ、その気遣いだけでも胸がじんわりしてしまう。

でも、こんな作法は紳士の基本なんだからいい気になってはダメよ、と自戒する。

案内された部屋は、二階の南向きで日当たりのいい貴賓室《きひん》だった。

「最上階に今、夫婦の部屋を改築中なので、しばらくはここで我慢してくれ」

部屋に入るとまだ腕を絡めたまま、ユベールが取り成すような口調で言う。

いずれ、セレスティーナはうなずいてから、夫婦の部屋の意味をやっと察し、頬《ほお》が赤らむのを感じた。

いずれ、ユベールと同じ部屋で過ごし、ひとつのベッドで休むという意味だ。

夫婦になるという実感が、にわかに襲ってきて心臓がドキドキしてしまう。胸の鼓動が身を寄せているユベールにばれてしまいそうで、そっと彼を見上げた。

ユベールはなんだか夢を見ているような表情でぼんやり立っている。

いつまでもこうしてくっついているのだろう。

「あ、あの……もうすぐ侍女のロサリーも来るので、手を離していただけますか？」

小声で言うと、ユベールは慌てたように手を解いた。

「あ――では、夕方、国王陛下に謁見を賜《たまわ》るまでは、休憩なさるがよい。あなた付きの侍女も大勢用意した。なんでも不足なことは侍女に命じるがいい。それでは――」

ユベールは急に何か用事でも思い出したように、そそくさと部屋を出て行った。

「ふうっ……」

セレスティーナは緊張感から解放されたせいだろうか、にわかに疲れがどっと出て、ソファに崩れるように腰を下ろした。

数年ぶりに会ったユベールは、見惚《みと》れるくらい優雅でかつ威風堂々としていて素敵な青年に成長していた。抑え込んでいた恋心が、あっという間に再燃してしまった。

けれど、彼の中身は幼い頃と同じに意地悪でつっけんどんなままだ。

セレスティーナのことが嫌いなら、なぜこの婚姻を受け入れたのだろう。

小国グランデにとっては、資源も人口も潤沢《じゅんたく》で豊かなメルトリア王国との結びつきが強くなり援助をしてもらえるのは願ってもないことだが、メルトリア側からすればなにも益はないように思える。ハーレ枢機卿の聞こえよがしの発言からも、臣下たちからはこの結婚があまり歓迎されていないのを感じる。

グランデ国王が婚姻を申し出てきたときに、ユベールは撥《は》ね付けることだってできたはずだ。なのに彼は、セレスティーナとの結婚を承諾した。

（わからない、ユベールの気持ちがわからない）

きちんと聞いてみたいけれど、ひどいことを言われたら心の傷が深くなりそうで怖い。

ほどなくロサリーと王城の侍女たちが現れ、あれこれと部屋の支度を始めたので、セレスティーナはそれ以上考えないようにした。

夕刻、再びユベールが訪れ、兄である国王陛下へ挨拶するために二人で部屋を出た。

先導の侍従の後から長い廊下を進みながら、ユベールがぽつりと言う。

「兄上はここのところひどく具合が悪い。申し訳ないが、謁見時間は数分になるかもしれぬ」

セレスティーナは抑揚のないユベールの口調に、かえって悲しみがこもっているようで、余計な口出しはせずにうなずいた。

国王陛下は城の奥の病室のベッドで伏せっていた。

侍従に呼ばれて二人が病室に入っていくと、国王陛下は数名の医師たちに取り囲まれ、背中に枕を幾《いく》つも当てて、半身を起こしていた。ユベールとはひとまわり年が上だと聞いていたが、まるで老人みたいにやつれ果てている。

「おお、セレスティーナ王女、よく参られた」

弱々しく掠《かす》れた声だ。

「国王陛下にはご機嫌麗《うるわ》しく――」

セレスティーナは礼儀に則《のっと》って優美に挨拶をする。

すると、国王陛下は手招きして、ベッドの側にセレスティーナを招き寄せた。

「王女」

国王陛下はそっとセレスティーナの手を握った。

彼は青ざめた顔でこちらを見上げて、声を振り絞る。

「どうか、ユベールを頼む。私はこのようなていたらくで、まだ年若い弟に国のことを任せきりにしている。若く美しいあなたこそが、弟の救いだ。どうか、ユベールを支え力になってやってほしい」

「陛下――もったいないお言葉です」

国王陛下の手は痩せ細り力が無かった。

セレスティーナはひどく胸を打たれた。

面会はそれで終わった。

病室を出て、ユベールに寄り添って歩きながら、セレスティーナは彼になんと声をかけていいかわからない。

「父上の時と同じだ」

ふいに足を止め。ぽつりとユベールがつぶやいた。

セレスティーナははっとして顔を上げる。

ユベールは哀《かな》しげに目を伏せている。

「兄上の顔が黄色く見えた。父上が亡くなる寸前も、あんな肌色になっていた——どうして」

ユベールは口惜しそうに言う。

「母上、父上、兄上——私の家族は皆、私を置いていく」

初めて聞く真実味《しんじつみ》を帯びたユベールの声に、セレスティーナは心が掻き毟《むし》られるような気がした。思わずユベールの腕をぎゅっと抱きしめた。

「わ、私がおります」

ユベールが何か心打たれたような顔つきになる。

セレスティーナはその表情に、心臓が張り裂けそうなほどの痛みと愛おしさを感じた。

「私が、殿下を支えます。生涯、あなたに寄り添い、尽くしますから」

真情を込めて言う。

ユベールは熱を帯びた目でこちらをじっと見つめてくる。

そんな目で見られたら、心の堰《せき》が切れてしまいそうだ。

いっそ告白してしまおうか。あなたがずっと好きでした――って。

だが、ふいに彼は視線を外し、苦々しい笑みを浮かべる。

「兄上に頼まれたからって、そんなに無理せずともいい」

セレスティーナは、差し出した手を振り払われたようなショックを受ける。

「ち、ちがいます！　……そんなこと」

ユベールは額《ひたい》に垂れかかった前髪を掻き上げながら、そっけなく言う。

「君って、昔から素直すぎて、すぐ人の言うことを真に受けるから。おおかた国の教育係あたりから、そういうセリフを私に言うように教えられてきたのだろうが。そういううわべだけの浮ついた言葉など、聞きたくないな」

セレスティーナはひどく傷ついて、思わず声を荒くした。

「では、では……どうして？　どうして私などと結婚するんですか？　大国のお偉い王弟殿下なんですから、私なんかよりふさわしい高貴な女性はいくらでもおられるでしょう？　田舎の小国の王女など、妻にしなければいいではないですか？」

言っているうちに、自分を卑下するような言い方をしてしまったことが情けなくなって、声が震えてしまう。

ユベールはセレスティーナが怒りをあらわにしたことに戸惑っているのか、目を見開いてこちらを見つめている。

「それは――」

ユベールはわずかに言いよどんでから、言葉を続けた。

「ラ、ラーヌ川があるからだ」

「川？」

セレスティーナはきょとんとする。

ユベールはにわかに胸を張って言う。

「そうだ。我が国と君の祖国の間には、大陸を縦断する主流であるラーヌ川が流れている。この上流を両国で挟んで独占できれば、下流の国々へのおおいなる抑止力となる。大陸の覇者として、安定した権力を得ることができるのだ。そうだ、そうなのだよ」

彼は自分に言い聞かせるみたいに、なんどもうなずきながら言う。

「ああ……そういうことですか……」

やっと腑《ふ》に落ちた。

やはり政略結婚に過ぎなかったのだ。

当然だ。

メルトリア国に利益がなかったら、ユベールが好きでもないセレスティーナとの結婚を決意するはずもない。

そんなのわかっていたはずだ。

でも、もしかしたらユベールも少しはセレスティーナのことを好ましいと思っていてくれたのかもなどと、淡い期待をした自分が馬鹿みたいだった。

でも、こうもはっきりと言われてしまうとかえって諦めもつく。

それならばそれで、祖国のためにもこの結婚を成功させよう。

「わかりました」

セレスティーナは喉元まで涙が込み上げてきそうになっていたが、無理やりに笑顔を作った。

「両国の利益のために、私はこれから誠意努力いたします」

感情のこもらない言葉に、ユベールが表情を強張らせた。

「セレスティーナ――」

セレスティーナはすっとユベールの腕から身を離した。

そしてこれ以上ないくらい丁寧にお辞儀をした。

「では、私はこれで引き取らせていただきます。本日は旅の疲れもありますから、晩餐《ばんさん》は辞退いたします。おやすみなさいませ、殿下」

そのままくるりと踵《きびす》を返した。

「待て、セレスティーナ」

ユベールの戸惑ったような声が追いかけてきたが、振り返らず、まっすぐ貴賓室に向かう。

これ以上ユベールと顔を合わせているのは、限界だった。

もう涙が溢れそうだ。

「うう……」

完全なる失恋だ。

貴賓室に入る前に、ごしごしと手で涙を拭《ぬぐ》う。ロサリーはともかく、メルトリア国の侍女たちに泣いている姿を晒《さら》したくはなかった。

優雅な足取りで部屋に入ると、セレスティーナはロサリーや侍女たちに満面の笑みで言う。

「今日は疲れましたので、私は寝室で休みます。皆の者、ご苦労でした」

笑みを顔に貼り付けたまま、寝室に引き取る。

豪華な天蓋《てんがい》付きのベッドまでよろよろと歩いて行き、バタンとうつ伏せに倒れ込んで声を押し殺して泣いた。

「ううっ……あぁ……」

シーツが涙でぐしゃぐしゃになる。

嫁いできたその日に、こんなに悲しい思いをするなんて。

「——姫君」

いつの間にか、足音を忍ばせてロサリーが寝室に入ってきて、肩を震わせて泣きじゃくっているセレスティーナの背中を、そっとさすってくれる。

「お気の毒に……まだ年若いのに、たったお一人でこの異国に嫁がれて、どんなに心細いでしょう」

「ああロサリー、ロサリー……」

セレスティーナはロサリーの胸にしがみつき、おいおいと泣いた。

涙で失恋を洗い流したい。

ユベールが大好きだった。

意地悪されても好きだった。

成長したユベールの立派な姿に、恋心は募《つの》った。

でも、もう甘い夢は見ない。

政略と義務の結婚生活が始まるのだ。


またもやしくじった。

ユベールは自分専用の執務室で、頭を抱えていた。

兄王に懇願されたとせいとはいえ、心優しいセレスティーナが自分を慰めようとしてくれた行為は胸に沁みた。なのに、つい強がってしまった。

セレスティーナがなぜ自分と結婚しようとするのかと詰問《きつもん》してきた時、真情を伝えるチャンスだと思った。

君が好きだから、結婚するんだ――と。

だがその刹那《せつな》、もしセレスティーナに拒絶されたらどうしようという恐怖が襲ってきた。

瞬時に頭をめぐらせ、ラーヌ川を支配する利益を口にしていた。

とたんにセレスティーナの態度が氷みたいに冷たくなった。

完全に嫌われている、と思った。

セレスティーナを手に入れたと有頂天になっていたのに、ますます心は遠ざかる。

エングに様子を伺わせたところ、セレスティーナはあれきり寝室に閉じこもってしまったという。

可哀想なセレスティーナ。異国の地にたった一人で嫁いできて、さぞかし心細いだろうに。

なんとかして慰めてやりたい。

ユベールは意を決して椅子から立ち上がった。


泣きべそのまま、ベッドの上でうたた寝してしまったらしい。

ふと、何かの物音で目が覚めた。

「あ……」

涙が乾いて目の辺りがぱりぱりする。寝室の外で、ロサリーが誰かと押し問答をしている声がした。

「いけません、姫君はもうおやすみになられて――」

「いいからそこを開けろ。私は彼女の夫になるのだぞ」

少し苛立《いらだ》たしげなあの声は――。

ふいに扉が開き、すぐに閉まった。

扉の前で人の気配がする。寝室は枕元の燭台《しょくだい》の灯《あか》りのみなので、薄暗くてよく見えなかった。

「――セレスティーナ？」

ユベールが声を潜めて呼びかけてくる。

セレスティーナは慌てて身を起こす。もはや夜半過ぎなのに、なんの用だろう。またひとしきり嫌味《いやみ》でも言いに来たのか。身構えていると、

「セレスティーナ、起きているか？」

と、再び声をかけられる。ひどく優しげな声色だ。

「……はい」

おそるおそる答えると、ユベールがゆっくりと歩み寄ってきた。

ほんのりした燭台の光の中に、ぽうっと美麗な彼の姿が浮かび上がり、夢みたいに美しい。

「――空腹ではないか？」

ユベールはベッドの端にそっと腰を下ろした。

彼の体温や息遣いを感じると、セレスティーナは脈動が速まってしまう。

ほんとうは朝からなにも口にしていなくて、お腹《なか》がぺこぺこだった。でもつい、強がってしまう。

「いえ、別に……」

ユベールは手にしていた平たい紙箱を差し出す。花模様が印刷された可愛らしいその箱をユベールが開くと、ふわりと甘いカカオの香りが立ち上った。中には赤いビロードの布の上に、

チョコレートの粒が宝石みたいに並んでいる。

「南の国からの献上品だ。食べるがいい」

ユベールが、箱をシーツの上に押しやる。

セレスティーナは思わず生唾を呑み込んでしまう。チョコレートなど見るのも何年ぶりだろう。

節約と清貧を奨《すす》めていたグランデ王家では、もうずいぶんと長い間嗜好品《しこうひん》は制限されていた。甘いお菓子など、めったに口に入らなかったのだ。

でも、ユベールにいやしいと思われたくない。

「けっこうです」

チョコレートから目を逸らし、そっけなく断る。

ユベールの表情がさっと曇る。一転、怒りを含んだ口調になる。

「なにも食べていないくせに、無理するな」

「無理なんかしていません」

ぞんざいに答えたとたん、きゅるるるっとお腹が恥ずかしい音を立てた。

「あ――」

恥ずかしさにかあっと頬が熱くなる。

ユベールがくすっと笑いを漏らした。笑われて、耳朶《じだ》まで血が上る。

「意地を張らずに食べろ」

ユベールが苦笑いしているのが癪《しゃく》に触る。愚かしい女だと嘲笑《あざわら》っているように思えた。

「ほんとうにいりませんっ」

「強情だな、可愛くないぞ」

「どうせ、ご立派な殿下のお眼鏡《めがね》にはかないませんでしょう」

つんと顔を背けていると、いきなり腕を掴《つか》まれて引き寄せられた。

「あっ……」

しなやかな彼の指が顎を捉え、顔を上向かせた。

正面から美麗なユベールの澄んだ青い瞳に見据えられ、魔法にかかったみたいに動けなくなる。心臓がどきんと跳ね上がる。そのまま素早く唇を覆われた。

「んっ……」

ユベールの熱い舌が唇を強引に押し割り、侵入してきたかと思うとつるりと甘いものが押し込まれた。チョコレートの欠片《かけら》だった。

「んん……」

それはあっという間に口の中で蕩《とろ》け、香り高くて甘くて目眩《めまい》がしそうなほど美味だった。

思わず味わって呑み下す。

ユベールはちゅっと音を立てて唇を離し、ひどく艶《つや》めいた表情でも見つめてくる。

「どうだ？　美味《うま》いだろう？」

低く背中を撫でるみたいな深みのある声に、胸が震える。

こくんとうなずくと、ユベールは箱からチョコレートを一粒摘み、口に含んで再びキスを仕掛けてくる。

「ふ、んん……っ」

チョコレートを口移ししながら、ユベールの舌が口蓋や舌の上をなぞっていくと、ぞくぞく全身が痺《しび》れるような気がした。

そうやって、ユベールは何度も口移しでチョコレートを食べさせてくる。

ぬるっと舌を絡め取られ、溶けたチョコレートごと、くちゅくちゅと擦られると、頭がクラクラするほど心地よくて抵抗することも忘れてしまう。

「あ、ふ……ぁ、ん」

濃厚なキスが甘いのかチョコレートの甘さなのか、もはや区別つかない。

「んふぅ……あ、も、もう、一人で食べられますから……ぁ」

際限なくキスをしようとしてくるユベールの身体を、両手を突っ張って押しのけようとしたが、逆に腰を引き寄せられて、息が止まりそうなほど強く抱きしめられてしまう。

そのまま、深く長いキスを仕掛けられた。

「ふ……んんん、んぅ……」

口腔中《こうこう》をユベールの舌が掻き回し、息継ぎもまともにできない。もうチョコレートは食べ尽くしてしまったというのに、彼の舌はなんて甘いのだろう。

「……ふぁ、あ、んんっ……ぅ」

体温がどんどん上がるにつれ、身体の力は抜けていく。

強く舌を吸い上げられると、うなじの辺りがぽうっと熱をはらみ、未知の快感がそこから全身に拡《ひろ》がっていくようだ。

「や……め……あ、ぁあ……」

自分が自分で無くなりそうなキスに酩酊《めいてい》しそうな恐怖で、セレスティーナは弱々しく首を振って逃れようとしたが、ユベールは顔の角度を変えては唇を貪《むさぼ》り続ける。

こんなキス、知らない。

こんな激しくて心地よいキスしてくるなんて、ずるい。

耽溺《たんでき》してしまう。

「は……ぁん、ぁ、んんぅ……」

キスに感じ入ってしまうたびに、恥ずかしい鼻声が漏れてしまう。

ユベールがこんな雄々しいキスをする人だったなんて——冷静沈着で高慢で人を見下したような態度ばかり取っていたのに、彼の濡《ぬ》れた舌はひどく情熱的にセレスティーナの舌を駆りたてる。

頭がぼうっとして、気が遠くなってくる。もうだめ、おかしくなりそう。

「んぅ、んんっ、んんんっ……っ」

くぐもった声を上げげ、セレスティーナは全身を弛緩《しかん》させた。

ぐったりとユベールの腕に身を預けると、彼はようやく唇を解放してくれた。

「はぁ……ぁ、は……ぁあ」

息も絶え絶えになって肩を震わせていると、ユベールが優しく火照《ほて》った額や涙の溜《た》まった目尻にキスを繰り返した。その優しいキスにも、身体の芯が甘く震える。

「――セレスティーナ」

こんなに優しく名前を呼ばれたことがあったろうか。

ぼんやり霞《かすみ》のかかったような目でユベールを見上げる。

驚くほど近くに熱のこもった青い目があって、心臓がドキドキと早鐘を打つ。

「君は、私のことが嫌いかもしれない」

思い詰めたように言われて、目を見開く。

ユベールの表情はいつものからかうような色がなく、真剣そのものだ。

「だが、君も祖国の責任を背負って、決意してこの国に嫁いできたのだろう？」

それはその通りで、コクリとうなずく。

ユベールはかすかにため息をついて続けた。

「では、せめて公では仲良くしないか？」

「おおやけ……？」

「そうだ。両国のために、私たちはよい夫婦でいる義務がある」

「ぎむ……」

そうだ、さっきまでそう自分に言い聞かせていたのだ。

この結婚は義務だって。

でも、ユベールの口から聞くととても寂しい。

「私も、人前ではできるだけ君に優しく接するよう努める。だから、君もそう振る舞ってほしい」

セレスティーナはせつなくて胸が苦しくなった。

ユベールは王弟殿下の立場から、真剣に話をしている。

私のことが嫌いだけれど、好きなふりをすると言っているのだ。

それは彼の精いっぱいの譲歩なのかもしれない。

「殿下……私……」

「頼む」

懇願するような眼差《まなざ》しが心に突き刺さる。

ユベールなりにセレスティーナを受け入れようとしているのだ。

好きなのに——彼の心はとても遠い。

でも、好きだからこんなふうにお願いされて、拒むことなんかできない。

「……わかりました」

セレスティーナはなるだけ明るい声を出そうとした。

あからさまに不承不承では、ユベールの心を傷つけてしまうと思ったのだ。

「二人で、よい夫婦を演じましょう」

ユベールがほっと息を吐く。

同意を得て、安心したのだろう。急に彼の口調がいつもの調子に戻った。

「では、まずは食事をしてくれないかな。食べ物の豊富な我が国に来て、栄養不足で君が倒れでもしたら、君の父上に申し訳が立たない。下の食堂に軽食を用意させている。一緒に食事をしよう」

セレスティーナは素直にうなずく。

「いただきます。ほんとうは、お腹がぺこぺこでした」

ユベールが口の端を意地悪く上げる。

「だろうな。チョコレートをむしゃむしゃ貪っていたからな」

からかわれて、顔が熱くなる。

「それは、殿下が無理やり口に入れたからですっ。しかも、口移しなんて、は、はしたない」

「嘘をつくな。私のキスでうっとりしていたじゃないか」

「してませんっ。あんな乱暴なキスをされて、びっくりしていたんです」

「生意気な口だな。だから塞いでやりたくなるんだ」

ユベールが再びキスを仕掛けてきそうに身体を寄せてきたので、慌ててベッドから飛び下りた。

「早く食堂に行きましょう」

ユベールが笑みを深くする。

「そうだな、私も待ちくたびれて空腹だ」

「え……？」

食事をしないで、私を待っていてくれたのだろうか。それは、どういう気持ちで？

ユベールはゆっくりとベッドから下り、手を差し出す。

「では、姫君。お手をどうぞ」

口調は軽いけれど、一連の仕草はとても優美で気品があって、やっぱり素敵だわ、と思ってしまう。

「ええ、殿下」

こちらも少し気取って手を預ける。

ユベールが満足げに微笑む。

こんな蕩ける様な笑顔をされたら、もう抵抗できない。

ずるいけれど、逆らえない。

好きな人と寄り添える喜びと、心が通じあわない悲しみが心の中で交差する。

# 第二章　偽りの結婚式と甘い初夜

翌日から、二人の仲良しごっこが始まった。

朝、侍女に案内されて王族専用の食堂に下りていくと、すでに席についていたユベールが待ち構えていたみたいに素早く立ち上がり、満面の笑みで出迎えた。

「おはよう、王女。今朝は一段とお美しい。早咲きの薔薇《ばら》の花のように可憐だ」

彼はセレスティーナの椅子を引きながら、晴れやかな声で言う。

セレスティーナはたいそうな褒め言葉に一瞬舞い上がりそうになるが、これが昨日ユベールの言っていた公での振る舞いだと察する。

「殿下こそ、いつもながら凛々しくて、見惚れてしまいますわ」

そう答え、とびきりの笑顔でユベールを見上げる。

周囲の者たちは目を丸くして二人の様子を見ている。

食事の間も、二人は親密な会話に終始した。

「王女、この果物も味わってごらん、我が国の特産のオレンジだ」

「ありがとう、いただきます――瑞々《みずみず》しくて、実に美味ですわ」

「あなたはほんとうに美味しそうに物を食べるね、見ていて気持ちがよい」

「そんな――殿下の健康な食欲こそ、お羨《うらや》ましい限りですわ」

二人は笑顔を絶やさず、和やかに朝食を終えた。

「政務が終わる午後には、この城の中を案内してしんぜよう」

ユベールが再び優雅な動作で椅子を引いてくれる。

「嬉しいわ。楽しみにしております」

セレスティーナは立ち上がると、ユベールの差し出した手に自然と自分の腕を絡ませる。

「部屋まで送ろう」

「恐れ入ります」

二人は目と目を見合わせて、にっこりする。

背後で、侍従たちがひそひそ耳打ちし合う声が漏れ聞こえてきた。

「なんとお似合いのお二人でしょう」

「もう息がぴったりでおられて、安心しましたわ」

どうやら二人の演技はうまくいったようだ。

寄り添って食堂を出た途端、セレスティーナは詰めていた息を大きく吐き出した。

慣れない会話にぐったりしてしまう。

「なかなかのタヌキではないか、君は」

ユベールがまっすぐ前に顔を向けたまま、セレスティーナにだけ聞こえる声で言う。セレスティーナはむっとして同じように声を潜めて返す。

「失礼な。殿下こそ、よくもまあ歯の浮くようなセリフをしゃあしゃあと……」

ユベールは廊下の端に寄って頭を下げる通りすがりの侍従に、品よく片手を上げて挨拶しながら平然と返す。

「いやいや、私は本心を言ったまでだよ」

セレスティーナはユベールのからかうような口調に、つんと唇を尖《とが》らせる。と、ユベールは素早くその唇にキスしてきた。

「あ」

避ける暇もなかった。ちゅっと音を立てて顔を離したユベールが、微笑まじりに言う。

「君の部屋に到着だ。では、後ほどお迎えに上がる」

馬鹿丁寧にお辞儀をすると、ユベールは大股で廊下の向こうに歩き去る。

セレスティーナはキスされた唇がじんわり熱を持つようで、ユベールの姿勢のいい後ろ姿を見送りながら、そっと指で押さえた。

偽《いつわ》りとわかっていても、ユベールに褒められたり優しく扱われたりすると、心がついつい浮き立ってしまう。そんな自分が物悲しい。

その日、朝食の席で言われた通りに午後までユベールの訪れを待っていたが、彼はなかなか姿を見せなかった。

（――口先ばっかりなのだわ）

内心は楽しみにしていたセレスティーナは、少しがっかりしてしまう。

と、そこへ、ユベールの秘書官を務めるエングという青年が訪問してきた。

「王女殿下、ユベール殿下はただいまどうしても席を外せない会議が長引いておりまして、私が代理で城内をご案内させていただきます」

彼は知的で穏やかで有能そうな人物だった。

「まあ――そうだったんですね」

セレスティーナは事情がわかると、ユベールに対して不満を募らせていた自分を恥じた。

国王代理として、ユベールは弱冠二十歳にして政務のほとんどを任されているのだ。どんなに激務で大変だろう。

けれど彼は、そんな様子は少しも表に見せなかった。

むしろセレスティーナに軽口を叩くほどの余裕ある態度だ。それには素直に感心してしまう。

エングに案内され、城の隅々まで見て回りながら、その間に彼がユベールの乳兄弟で小さい頃から懇意にしていることを知る。

セレスティーナは人当たりのいいエングに気を許し、心に引っかかっていたことを思い切って尋ねた。

「あの……王弟殿下には、お心にかけているご令嬢などはおられなかったのですか？」

若く美麗な彼のことだから、さぞや女性からもてはやされたろう。

こんな政略結婚ではなく、もしかしたら好みの令嬢がいたかもしれない。

エングは一瞬口を閉ざし、まじまじとセレスティーナを見る。

セレスティーナは赤面した。こんなはしたないことを聞いた自分を恥じる。でも、自分は好かれていないのだと思うと、ユベールの好みの女性のタイプが知りたいと思ってしまったのだ。

エングはかすかに笑みを浮かべて答える。

「おられましたよ。それはもう、殿下が幼少の頃よりずっと、お心を捧げている美しい方が」

「ああ、そうなのね……」

やっぱりだ。

だから余計にユベールはセレスティーナに意地悪く当たるのだ。

エングはさらに言い募る。

「それは、王女殿下、あなた様が一番おわかりになっておられるでしょう？」

「えっ、私が？」

なにを言われているのか理解できない。

エングは笑みを深くしただけで、それ以上は説明してこなかった。

セレスティーナは胸に暗いさざ波が立つのを感じた。

ユベールには想いびとがいる――どんな女性なのだろう。きっと私なんかよりずっと美しくて高貴な方だったのだろう。ぎゅっと心臓が痛むような気がした。

ユベールは未《いま》だにその女性のことが好きなのだろうか。

ざわざわした嫉妬の気持ちが込み上げてきて、セレスティーナは息が苦しくなる。

「殿下、あなたという人は――」

代理でセレスティーナの城内案内から戻ってきたエングは、語気を強めて、執務室で書類にサインしていたユベールに詰め寄った。

「なんだ。セレスティーナをちゃんと案内してやったろうな」

ユベールは書類から顔を上げた。

珍しく沈着冷静な秘書官が、怒りをあらわにしているようだ。

「案内いたしましたとも。とても聡《さと》いお方で、一度で城内の様子をほとんど把握なされたご様子でした」

セレスティーナが他人から褒められると、ユベールも我がことのように嬉しくなってしまう。

「そうだろう、なかなか頭の回る王女だからな」

エングが一歩机に詰め寄る。

「そんなことより、殿下。あなたはまだお気持ちを伝えておられなかったのですか？」

「なにをだ？」

「セレスティーナ王女殿下に、あなた様のほんとうのお気持ちを、ですよ」

ずばりと言われ、ユベールは言葉を失う。

顔を背けて書類にサインの続きを書き入れながら、思わず声が小さくなる。

「王女は、私を嫌っている」

エングが驚いたような声を出す。

「まさか、そんな――」

ユベールはガリガリ力任せで羽ペンでサインを続ける。

「そんなもなにも、私は昔から彼女に嫌われているのだ。私の気持ちなど、彼女には迷惑以外のなにものでもなかろうよ」

エングは困惑した声を出す。

「しかし、私にはそうは見えませんが」

べきっとペン先が折れ、インクが書類に飛び散った。

ユベールは苛立《いらだ》たしげに羽ペンを投げ出す。

「両国の和平のため、表向きは親密そうに振る舞おうと、二人で決めた。王女は祖国のためにこの結婚を受け入れたのだ。これ以上のことをいたいけな王女に求めるのは、気の毒だ」

エングはわざとらしくため息をついてみせる。

「――なるほど。殿下ほどの方でも、フラれるのが怖いということですな」

ユベールはかあっと頭に血が上り、思わず声を荒立ててしまった。

「不敬だぞ、エング！　出ていくがいい！」

「ははあ、かしこまりました」

エングは少しも動じることなく、馬鹿丁寧に頭を下げて執務室を出て行った。

後に残されたユベールは、インクで汚れた指先をじっと見つめ、苦々しく声を吐き出す。

「――怖いさ、この私でも」

セレスティーナに手酷《てひど》く拒絶されることを想像するだけで、ユベールは頭がおかしくなりそうだ。

だから、うわべだけでもセレスティーナが自分に優しく微笑みかけてくれれば、それで十分だと思った。

今朝のセレスティーナは震えるほど愛らしかった。

演技とはいえ、微笑んでこちらを見つめる表情はとても可愛くて、その場で抱きしめたいと思うほどだった。

廊下に出てから素に戻り、つんと唇を尖らせる仕草も愛おしくて、思わずキスをしてしまった。ほんとうは、そのまま抱き上げてベッドに運び、思うように愛したい欲求を抑えるのに苦労した。彼女の肌という肌にキスをして、頭から爪先まで味わって、自分のものだという印を刻み付けたい。下腹部に熱く滾《たぎ》る欲望を、彼女の閉じた花弁の奥へ突き入れたい。まだ誰も踏み入っていない彼女の処女地を開拓するのは自分ただ一人――。

だが、燃え上がっているこの情熱を、まだあどけなさの残るセレスティーナに押し付けるのは酷だ。きっと怯えてしまうに違いない。せめて結婚式を挙げるまでは、清らかに大事に守ってあげなければ。

これ以上嫌われたくはない。

それくらいなら、仮面夫婦でもかまわない。

だって、こちらは心底愛しい。

愛しくてたまらないのだから。


国王陛下の病状が優《すぐ》れないという事情もあり、ユベールとセレスティーナの結婚式の日取りは早めに繰り上げられた。

ばたばたと結婚式の準備が整えられていく。

式の進行や招待客、お披露目《ひろめ》の儀式、祝賀会など、大方の準備はユベールの方で手配してくれているが、ウェディングドレスのデザイン決め、ブーケの種類や結婚指輪の好みなどはセレスティーナに任された。

高圧的で強引なユベールのことだから、結婚式など自分勝手に決めてしまうだろうと思っていたので、きちんとセレスティーナの意向を汲《く》み取ってくれたのが、意外でもあり嬉しかった。

やることがあって忙しいと、余計なことを考えずにすむのがありがたい。

心の底ではユベールに対する不安や疑念があったが、そこからは目を逸らしていた。

だって、新婚ごっこはとても楽しい。

公の場でのユベールは完璧すぎるくらい素敵な貴公子ぶりで、セレスティーナを愛する夫という役を見事に演じている。

演技だということを忘れてしまいそうなくらいだ。

セレスティーナがメルトリア王国に嫁いできて、二ヶ月の後《のち》。

明日はいよいよユベールとの結婚式という日のことだ。

セレスティーナはロサリーに手伝ってもらい、ウェディングドレスの最終チェックをしていた。

「ああほんとうに、夢みたいにお美しくて――世界中探したって、こんな綺麗な花嫁は姫君をおいて他にございませんよ。メルトリアの民たちは、姫君の美しさに驚くに違いありません。明日が楽しみでなりませんよ」

ウェディングドレスを着て直立するセレスティーナの周りをぐるぐる廻《まわ》って、ウエストの詰め具合や裾の広がりなどを細かに点検しながら、ロサリーは涙ぐむ。

『国別れの儀式』を経て、ロサリーだけを連れてこの国にやってきた。異国の地で頼るものはセレスティーナひとりだったロサリーは、どれほど心細かったろう。

「ありがとう、ロサリー。なにごともなければいいけれど……私ね、これから王弟妃として、うまくやっていけるか、とても不安なの」

それは本音だった。

このまま結婚して、偽りの夫婦生活をずっと演じていくのだろうか。

すると、ロサリーが鼻息を荒くして断言する。

「うまくいくに決まってます。だって姫君はユベール殿下に、ものすごく愛されているではないですか」

セレスティーナはロサリーがあんまり真剣な顔で言うので、微苦笑してしまう。

「愛されてる？　私が？」

ロサリーは何度も大きくうなずく。

「えええええ、ユベール殿下が深く姫君を愛されていることは、誰の目にもあきらかです。初めは、こんな大国へ嫁いできて、姫君がどのように扱われるか、心配でなりませんでした。でも、素晴らしい殿下で、ほんとうにようございました」

セレスティーナは内心ため息をつく。

傍目《はため》にはそれほどまでに二人の演技は完璧なのだろうか。

「うんと幸せになってくださいまし」

ロサリーが潤んだ目で心を込めて言うので、セレスティーナは真実を打ち明けることができなかった。

「ありがとう、ロサリー」

幸せってほんとうは何だろう——と、胸の中でつぶやく。

愛されない人をずっと愛していくことが、幸せなのだろうか。

でも、嫁ぐのならユベール以外の男性は考えられない。

だから——これでいいのよ、とセレスティーナは自分に言い聞かせる。

翌日は雲ひとつない青空で、柔らかな春の日差しが降り注いでいた。国花であるミモザの黄色い花が満開に咲き誇り、若い二人の結婚に色を添えた。

メルトリア王国王弟ユベールとグランデ国王女セレスティーナの結婚式は、首都の大聖堂で華々しく執《と》り行なわれた。

前王妃の早すぎる死、前王の逝去、現国王の病気と、ずっと暗い出来事続きだった王家の、久々のめでたい明るい話に、民たちは心から喜び祝っているという。

たっぷりレースをあしらい、見事に広がった裳裾《もすそ》が何メートルも後ろに引く純白のウェディングドレスに身を包んだセレスティーナは、神々しいまでに美しかった。

艶やかなブロンドを複雑に編み上げ、そこにユベールから送られた最高級のダイアモンドのティアラをあしらい、耳飾りも首飾りも大粒のダイアモンド。透けるヴェールは、国一番の職人が編み上げた繊細なレース。

手には白百合《しらゆり》のブーケ。

大聖堂前に到着した馬車から、しずしずと降り立ったセレスティーナの清らかな美しさに、大聖堂を取り囲むようにして待ち受けていた人々は、感嘆の声を上げた。

貴族の令嬢たちの中から選《よ》りすぐりの美女ばかりを選んだブライズメイドたちが、ウェディングドレスの長い裳裾を恭しく持ち上げて、セレスティーナの歩みを助ける。

大聖堂の祭壇の前ではユベールが花嫁を待ち受けている。

ここで、本来ならばユベールの兄である国王陛下がセレスティーナに手を貸して先導するのだが、病床にあるために、ユベールの弟殿下のシャルルが代役を務めた。

真っ赤になって照れるシャルルに手を取られ、セレスティーナは胸を張って大聖堂の中に入っていく。

ほんとうは気を失いそうなくらい緊張していたが、グランデ国の王女としての誇りがそれを許さなかった。

大勢の人たちが見ている。

ちゃんと演じるのだ。

幸せな花嫁を。

ぎっしり大聖堂を埋め尽くした招待客の注目の中、セレスティーナは祭壇に続く中央の赤い絨毯を優雅な足取りで進んで行く。

その先にユベールが立っている。

彼は式典用の白い軍服に身を包み、凜《りん》として目も眩むばかりに美々しい。

いつもは前髪を下ろしている艶やかな黒髪を綺麗に撫でつけ、少し大人っぽく見える。

すらりと長身で姿勢がよく、まっすぐこちらを見つめている瞳は澄んだコバルトブルー。男らしい彫りの深い美貌にわずかにまだ少年ぽさが残っていて、その微妙なアンバランスさが繊細な魅力を彼に加えている。

（ああ……やっぱり素敵だわ）

セレスティーナはうっとりとユベールに見惚れてしまう。

彼が優雅に片手を差し伸べてきた。

と、ピリピリし過ぎて足が震えてしまい、ユベールの目の前でつんのめりそうになった。

「あ」

小さく声を上げてしまう。花嫁が祭壇の前で転ぶなんて――。

刹那、ユベールがさっと一歩前に踏み出し、素早くセレスティーナの腕を取りぐっと支えてくれた。

一瞬の出来事だったので、誰の目にも花婿が待ちきれずに花嫁の手を取ったようにしか見えなかったろう。

「しっかりしろ。国の一大行事に、花嫁がすっ転ぶなんて前代未聞だぞ」

ユベールが耳元でからかい気味にささやく。

とたんにかっと全身に血が駆け巡り、セレスティーナの気持ちがしゃきっとなった。

セレスティーナは背筋をすっと伸ばし、顎を引いてユベールの横に並んだ。

「そんなことにはなりません！」

ユベールにだけ聞こえるように言い返した。

「その意気だ」

ユベールが嬉しげに微笑む。

ムッとしたが、おかげですっかり緊張感が消え去った。

司教の祝いの説教を聞きながら、セレスティーナは感無量だった。

ずっとずっとユベールが好きで、お嫁さんになりたいと夢見たこともあった。

それが現実になった。

けれどそれは愛のない結婚で、こうして神様の前で永遠の愛を誓っていることが不敬な気がした。

嬉しいのに寂しい。

こんなやるせない気持ちで結婚式を迎えるなんて。

でもこれで、祖国は救われる。これでいいんだ。

セレスティーナは気丈《きじょう》に笑みを浮かべ、結婚の宣誓を述べ、結婚指輪を交換した。

さすがにユベールも神妙な顔つきで、軽口を叩くこともなく粛々《しゅくしゅく》とした態度だ。

最後に誓いのキスをするため、ユベールがそっとヴェールを持ち上げる。

それまで少し霞《かすみ》がかっていたユベールの表情がはっきりと見えた。

彼はこの上なく誇らしく嬉しげな表情をしている。まるで、この結婚を心から喜んでいるみたいだ。こちらを見つめる眼差《まなざ》しはあくまで優しく慈愛に満ちていて、セレスティーナは心がざわつき締め付けられる。

そんな目で見られたら、この結婚が政略だろうが偽りだろうが、もうどうでもよくなってしまう。

あの目をずっと見つめていたい。心臓がドキドキときめいて、お腹の底から愛おしさが込み上げてくる。

ゆっくりとユベールの端整な顔が近づいてくる。

セレスティーナはそっと目を閉じる。

柔らかく唇同士が触れ合ったとたん、身体中に雷《いかづち》みたいな甘い痺れが走り、幸福感に包まれる。

唇が離れる瞬間、ユベールがしみじみした口調でつぶやいた。

「やっと――君を手に入れた。もう、離さないよ」

セレスティーナはその口調に胸を衝《つ》かれて、はっと目を見開く。

(どういう意味？　いまのセリフも、お芝居？)

すでにユベールは自分の横に移動していて、視線をとらえることはできなかった。

その後の婚姻パレード、国内外の賓客との晩餐会、無礼講《ぶれいこう》の舞踏会、その度に豪華なドレスに着替え、新しく髪を結った――めまぐるしく長い長い一日が終わったのは、夜半過ぎだった。

侍従に案内され、ユベールとセレスティーナは夫婦の部屋に向かう。

(そういえば、夫婦の部屋に入るのは初めてだわ……)

今日からユベールと二人、一つの部屋で暮らす生活が始まる――。

緊張と期待で胸がばくばくする。

王城の最上階の突き当たりの南側の部屋の前まで案内すると、侍従は頭を下げて引き取った。

それまで無言でいたユベールが、ドアノブに手をかけてからふと、思いついたようにこちらを振り返る。

「セレスティーナ」

深夜だからか声を潜めて名前を呼ばれ、それがぞくりとするほど色っぽかった。

と、いきなりふわりと横抱きにされる。

「あっ」

驚いて反射的にユベールの首にしがみついてしまった。

彼の襟足から濃厚なオーデコロンの香りが立ち上り、クラクラする。

「お、おろして……」

小声で訴えたが、ユベールはそのままドアを開けて部屋の中へ入った。

改装したての夫婦の部屋は広々として、緑のつる草模様の壁紙と淡いモスグリーンの調度品で統一され、深い森の中にいるような気分になる。大きな大理石の暖炉《だんろ》。テーブルと椅子、長椅子、チェストだけの家具で、ゆったりとした落ち着いた雰囲気だ。

「今日からここが、私たちの部屋だ。とりあえず整えたので、不足なものは後からいくらでも秘書官のエングに申し出てくれ」

セレスティーナを横抱きにしたまま、ユベールは部屋の中をゆっくり歩き回る。

応接間だけでも、グランデ城の広間ほどもある。

「奥が化粧室と浴室、その向こうに寝室がある」

ユベールはそのまままっすぐ寝室に向かった。

暖炉の熾火《おきび》だけの薄い灯りの中に、部屋の中央に鎮座している立派な四柱の天蓋付きベッドがあった。

「私たちの寝室だ」

大人が五人ほども横になれそうなその大きなベッドを目にした途端、セレスティーナはぶるっと身が震えた。

あそこでユベールと寝る――それは、夫婦の営みを行うということだ。

嫁ぐ前、年取った家庭教師から夫婦の営みについての教えは、少しだけ受けていた。

男と女が裸になって抱き合う行為らしいと、うすらぼんやりとわかっていたが、結局のところは何をどうするのかは、「夫となる人にまかせて、じっと耐えていればいいのです」と言われて、詳しいことは理解できないままだった。とにかく、子を成すために我慢しろということらしい。

セレスティーナの怯えを感じ取ったのか、ユベールが耳元でささやく。

「私が、こわいか？」

セレスティーナは心臓が早鐘を打ち出すの感じた。

おずおずとユベールを見上げると、彼は今まで見たこともないような熱を帯びた危険な表情をしていた。

獲物を狙う猫科の獣《けもの》のような妖《あや》しい眼差し。その目に射すくめられたみたいに身が強張る。

「い、いいえ……」

強がって言ってみたが、声が震えていた。

ユベールが薄く微笑む。

「怖がらなくていい。君がいやがるようなことは、しない」

そう言うと、彼はベッドの上に仰向《あおむ》けにセレスティーナを横たえた。

「あ……」

ユベールがそのまま自分の服を脱ぎ始める気配がしたので、セレスティーナは慌てて身を起こそうとした。

「ま、待って……あの、湯浴《ゆあ》みをしないと……」

「かまわない」

ユベールは上着を放り出し、シャツのボタンを外していく。厚い胸板が露《あら》わになって、セレスティーナは心臓がどくんと妖しく脈打ち、慌てて目を逸らした。

まだ心の準備が……。でも、準備ってなにをどうするの？

「で、でも、夜会ドレスを脱がなくては……あの、寝巻きに着替えて……」

声が上ずる。

ユベールが上半身裸になり、ぎしりとベッドを軋《きし》ませて上がってくる。引き締まって無駄肉のまったくない美しい肉体が目に入り、ますますうろたえた。

ユベールが覆いかぶさるようにして、セレスティーナの顔を覗き込む。

「かまわない、どうせ脱がしてしまうんだ」

「や……」

彼の青い目に情欲の炎を感じ、全身の肌が粟立《あわだ》つ。

ユベールの手がそっと頬に触れてきて、びくりと身が竦《すく》んだ。

「そんなに怯えて――」

つつーっと指先が頬から唇を撫でた。そんな何気ない仕草にも、淫《みだ》らな空気を感じてしまう。

ばくばくと脈動が速まり、頭がのぼせてくる。唇が小刻みに震えた。

「セレスティーナ」

自分の名前をこんなにも色っぽく呼ばれたことはない。

ユベールの青い目を見ていると気持ちが掻き乱されるので、思わず目を閉じる。

彼の息遣いが近づいてくる気配がして、唇をそっと塞がれた。

「ん……」

緊張のあまり歯を食いしばり、息を詰めてしまう。

やっぱり、怖い。大好きなユベールが相手でも、雄《おす》と化した彼に触れられるのは、恐ろしい。

どくどくと脈動の音が、うるさいくらい鼓膜を震わせる。

ユベールの唇がなだめるみたいに何度も優しく擦り付けられるが、セレスティーナの緊張と恐怖は頂点に達してしまう。

ユベールの舌先がセレスティーナの唇をこじ開けようとしてくると、ますます身体が強張り、呼吸を止めていたせいだろうか、耳の奥できーんと耳鳴りがしてきた。

「――っ」

次の瞬間、鎧戸《よろいど》がバタンと音を立てて閉まるみたいに、目の前が真っ暗になった。

「――可哀想な、セレスティーナ。でも、愛しているんだよ、とっても。おかしくなるくらい、君が好きだ」

誰かの声がはるか頭上から聞こえてくるような気がした。

「……ぁ」

何度か瞼《まぶた》が震えた後、そろりと目を開くことができた。

ユベールが気遣わしげな顔で覗き込み、セレスティーナの髪を優しく撫でている。

「目が覚めたかい？」

はっと我に返ったセレスティーナは、恥ずかしさに顔から火が出そうだった。

初夜で緊張で、気を失ってしまったのだ。

なんてみっともない。

「ご、ごめんなさいっ……私ったら……」

うろたえて身を起こそうとすると、ユベールが肩をそっと押し戻した。

「いいんだ、私が悪かった。性急に君を求めようとしたから――」

ユベールは心底すまなそうに言う。

「今日はさぞや疲れたろう。私は応接間のソファで寝るから、君はゆっくりここでお休み」

彼がベッドを下りようと身動きする。

セレスティーナは目を見開く。

ユベールは欲望のままに振る舞う人ではなかったのだ。いままでずっと性格が悪くてひねくれ者だと思っていたのに、意外な思いやりのあるところを知って、胸がとくんと甘くときめいた。

「ま、待って――」

思わずユベールの腕に縋《すが》る。

物問いたげに振り返ったユベールに、セレスティーナは懇願する。

「わ、私、もう大丈夫です。す、少し怖いけれど、妻の義務ですから、我慢します。殿下のお好きになさってください」

ユベールの意向に沿うようにと言ったのに、彼は少し物悲しい表情になる。

彼は小さくため息をついて言う。

「ねえセレスティーナ、男女が睦《むつ》みあう行為というのは、我慢するものではないんだ」

「え？」

意味がよくわからない。

子を成すための妻の義務ではないのか？

ユベールが身体を入れ替えて、両手をセレスティーナの両脇に付いて見下ろしてきた。逆光になって、彼の表情がはっきり見えない。

「セレスティーナ、教えてあげよう。これがどんなに素晴らしくて、心地よいものか。それを君と共有したい」

ユベールが身を屈《かが》め、セレスティーナの額、こめかみ、頬、唇へとキスを落としてきた。

その柔らかく繊細な動きに、恐怖ではなく背中がぞくぞく震える。

キスへの恐怖はもうない。それが酩酊《めいてい》するほど心地いいことは、すでに知っている。

唇が重なると、歯を食いしばることなくそろそろと唇を緩めて、ユベールの舌を待つことができた。

「可愛い、セレスティーナ」

ため息とともにそうささやかれ、ぬるりと濡れた舌が侵入してくる。

「ん……んぅ」

彼の舌は口腔に入り込んだとたん、荒々しく動き回る。

口蓋、歯列の裏、舌の上、喉奥まで舐《ねぶ》り尽くされ、最後に舌を絡め取られて強く吸い上げられる。唾液が混じり合うくちゅくちゅという淫靡《いんび》な音が頭の中でこだまして、うなじあたりがぞわぞわと震える。全身が火照ってくる。

「……はぁ、あ、ん……ん……ん」

息苦しさと濃密な心地よさに艶《なまめ》かしい鼻息が漏れてしまう。

ユベールは顔の角度を変えながら、何度も深いキスを仕掛けてくる。吸われ、啜られ、扱《しご》かれて、セレスティーナは息も絶え絶えになってしまう。

身体からぐったり力が抜けてくると、キスを続けながらユベールがゆっくりとドレスの前ボタンを外していく。

大きな手なのに、器用にぷつりぷつりとボタンを外し、肌が徐々に外気に触れていく。

胸元が緩み、コルセットに覆われた乳房が露わになると、恥ずかしさと興奮で背筋がぶるりと戦慄《わなな》いた。

ユベールがわずかに唇を離し、感慨深げな声を出す。

「ずっと、君に触れたかった――」

再び唇を塞がれ、彼の手がコルセットの内側に潜り込んできた。

「ひ……っ、あ……？」

大きな温かい手が肌を撫で回す感触に、肌が総毛立つ。

舌を絡められたまま、ユベールの指先が小さな乳首に触れてきた。

「あ？　……は……っ」

刹那、甘い愉悦が彼の指先から弾《はじ》けて背中を走り抜ける。

ユベールが顔を上げ、セレスティーナの表情を見下ろしてくる。

「見せてくれるかい？」

同意をする前に、さっと彼の手がコルセットを引き下ろしてしまう。

「きゃっ、やあっ」

ふるんとまろやかな乳房がまろび出てしまい、セレスティーナは羞恥に悲鳴を上げてぎゅっと目を瞑《つぶ》った。

ユベールはそのまま嵩張《かさば》ったスカートも一気に外してしまい、セレスティーナが混乱している間に、下穿《ドロワーズ》きまで引き剥《は》がした。

生まれたままの姿に剥《む》かれてしまった。

「いやぁ……っ」

裸体を異性に見せるなんて、もの心がついてから初めてだ。

頭が煮え立って、耳朶まで血が上る。

ユベールが息を詰めて凝視しているのがありありと感じられ、全身に火が着いたみたいに熱くなる。耳の奥でばくばく脈打つ心臓の音が聞こえてきる。

「やあ……見ないで、恥ずかしい……」

消え入りそうな声を出し、両手で胸元を隠そうとすると、両手首を掴まれてシーツの上に押し付けられてしまう。

「だめだ、見せておくれ、もっと」

ユベールの声が心なしか掠れている。

「う……う」

緊張のためか、乳首がきゅうっと硬く縮こまるのがわかる。

「綺麗だ――」

ユベールがほうっと深いため息を吐いた。

「想像していたより、ずっとずっと君の身体は大人なんだね。まだ手足は少女みたいにほっそりしているのに、胸や腰は豊かに育っている。神が創造したもうた、最高の芸術品だ」

うわ言みたいな賞賛に、どうせいつもの演技だろうと思い込もうとしたが、心臓がきゅんきゅん甘く痺れて、酩酊したみたいに頭がぼうっとしてくる。

ユベールが両手で乳房を包み込み、やわやわと捏《こ》ねるみたいに揉《も》んでくる。

「なんて柔らかい——蕩けそうだ」

彼の手の中で、乳房が自在に形を変える。そして、しなやかな人差し指と中指が、慎みなく尖り切った乳首をきゅっと摘んだ。

「は、ぅんっ……」

じりっとした甘い痺れが走り、下腹部の奥がうずうずした。未知の感覚に戸惑っている間にも、ユベールの指は乳首を摘んだり擦ったり、くりくりと捏ね回したりする。

「は……あぁ、あ、やめ……あぁ……」

じくじくした疼きがどんどん下腹部に溜まって、自分のあらぬ部分がせつなくて仕方ない。その疼きをやり過ごすこともできず、ただもじもじと太腿《ふともも》を擦り合わせた。

「感じている？　気持ちいい？」

ユベールがこちらの反応を窺うように見下ろしてくる。

「や……わからない……の、あ、でも、あ、なんだか……じわじわして……」

泣きたいくらい恥ずかしいのに、下腹部の甘い痺れは止められなくて、耐えきれないのにもっと触ってほしいような、矛盾した感覚に苛《さいな》まれた。

「気持ちいいだろう？　こうすると、どう？」

ユベールが豊かな乳房を掬《すく》い上げるみたいに寄せ上げ、ツンと尖った乳首に交互にちゅっちゅっとキスをした。

「ひあっ？」

片方の乳首を口腔に含まれ、濡れた舌がねっとりと這《は》い回る。もう片方の乳首は、指で弄《もてあそ》ばれた。

「やめ……あぁ、あ、そんなに、しないで……ぁあ、ん」

熱くぬるつく舌で乳首を舐《な》め回されると、指で触れられるよりも何倍も心地よく感じ入ってしまい、どうしようもない疼きが下腹部の奥に重く溜まっていく。

「は、ぁ、だめ……あ、あぁ、ああ……ん」

はしたない声を漏らしたくないのに、止められない。陰部のあたりが辛いくらいに疼いて、どうにかしてほしくてたまらなくなる。

ユベールは円を描くように乳輪の周りを舐《な》め回したり、ちゅぱっと音を立てて強く吸い上げたり、時には柔らかく歯を立ててきたり――気持ちよさと軽い痛みが交互に襲ってきて、それがいたたまれないほど全身を燃え上がらせる。

「……は、あぁ、あ、ぁあ、あぁ……ぁ」

セレスティーナは身体をくねらせて、ユベールの与える刺激を味わった。生まれて初めて知る性的な快楽に、セレスティーナは我を忘れそうだ。

「なんて甘く啼《な》くんだ、たまらないね」

交互に腫《は》れ上がった赤い乳首を口に含みながら、ユベールが感に堪えないというような声を出す。

「腰がもじもじしているね――ここ、濡れてきた？」

ユベールの手入れの行き届いた手が、すうっと脇腹を下り、太腿の周りを撫で回した。その感触にすら甘く感じてしまい、腰がぴくんと浮く。

「濡れ……？　どこが？　ぁ、あ、わかりません……」

「わかるよ――ここだ」

すっとユベールの手が太腿のあわいに触れてきて、本能的に足を閉じ合わせようとしたが間に合わなかった。

長い指が薄い和毛《にこげ》を梳《す》くように撫で、そのまま閉じ合わさった花弁に触れてくる。

「きゃっ……」

自分で直に触れたことないない秘密の割れ目を、ユベールの指先がそろそろと上下した。

「あ……あぁ……やだ……」

「大丈夫、じっとして」

赤子に言い聞かせるみたいに言われ、息を詰めて必死で耐える。

するとぬるりと滑る感触がして、ぴったり閉じていた花弁がじわじわと綻《ほころ》んできた。

「ほら、濡れている」

耳元で吐息でささやかれ、恥ずかしさに目を硬く瞑った。でも、目を閉じると逆にユベールの指の動きがくっきりとわかってしまう。

甘く疼いていたのはそこだったのだ。濡れた指先が蜜口の浅瀬を撫で回すと、燃え上がるような熱い感覚がそこから生まれ、さらにとろりと何かが溢れる気がした。

「ああどんどん溢れてきた――いいね、とてもいい」

ユベールが嬉しげな声を出し、くちゅくちゅと猥《みだ》りがましい音を立てて、無垢《むく》な陰唇を撫でさする。

「ん、あ、あぁ、あ……あぁ」

初めは怖かったのに、疼く箇所を掻き回されるととても心地よくなってしまい、膣奥《ちつ》がきゅうっと締まって、せつなさがさらに増してくる。

「あぁ、や、だめ……あぁあ、あ……ん」

どんどん恥ずかしい蜜が溢れてくるのがわかり、いたたまれないのに拒むことができない。

「ここは、どう？」

ユベールの指が割れ目の上の方を探り、そこに佇《たたず》む突起のような箇所をぬるっと擦り上げた。

「ひああっ？　あ、あぁっ？」

刹那、びりっと雷にでも打たれたような鋭い悦楽が身体の中心を貫き、セレスティーナはびくんと大きく腰を跳ね上げてしまった。一瞬、下肢が蕩けてしまったのかと思った。

「ああやっぱり、ここが女の人の一番感じる部分だね」

セレスティーナの激しい反応に気をよくしたのか、ユベールはそこばかりを触れてくる。

ジンジン痺れるのに、信じられないくらい気持ちよくなってしまい、我を忘れてしまいそう。

セレスティーナはぎゅっと目を瞑って、間断なく襲ってくる愉悦に抗《あらが》おうとした。

「やあっ？　なに？　これなに？　あ、ああ、だめ、あぁあっ……っ」

耐えきれないくらい心地よいのに、蜜口のもっと奥の媚肉がきゅんきゅん収縮を繰り返し、さらなる刺激を求める。

「すごい、奥がうねっている——指、挿入《い》れるよ」

ユベールの長くて節くれだった中指が、ぐぐっと隘路《あいろ》の奥へ侵入してきた。

違和感に背中が仰《の》け反《ぞ》った。

「痛……あ、あぁ、や……ぁ」

「狭い——押し出されそうだ」

ユベールが息をわずかに乱す。

「あ、あぁ、あ、指、挿入《はい》って……やぁ、怖い……」

異物を受け入れる恐怖に、セレスティーナは呼吸を止めて四肢を強張らせる。

「そんなに緊張しないで、可愛いセレスティーナ」

ユベールは空いている方の手で、セレスティーナの汗ばんだ額や上気した頬を優しく撫でる。

「怖くしない——うんと気持ちよくしてあげたい」

ユベールは伸びをするようにして、ちゅっとセレスティーナの涙の溜まった目尻にキスをした。そのまま、彼の頭が首筋、鎖骨《さこつ》、腹、臍《へそ》、とキスをしながら下りていく。

「あ、ぁ……？」

ユベールが両手で太腿を大きく押し開いた。

「きゃっ」

綻びきった陰唇が彼の面前でぱっくり開いて、剥き出しになった。

「ああいや、だめ、見ないで……恥ずかしいっ」

濡れ果てた秘部が露わになり、羞恥でクラクラ目眩がした。

「綺麗だ――深いピンク色で、朝露をたたえて開ききった薔薇の花みたいだ」

ユベールがうっとりした声を出す。

「やめて、見ないで、お願い……」

秘められていた部分にユベールの視線が熱く注がれているのを感じ、恥ずかしいのになぜかそこがかっかと火照って、さらに蜜を溢れさせるのがわかる。

「甘酸っぱい誘うような香りがぷんぷんしているよ――たまらない」

掠れた声と共に、ふうっと熱い息が恥毛をそよがせた。

「えっ……？」

驚く間もなく、ユベールの頭が股間に潜り込んだ。

ぴちゃっと淫蜜の弾ける音がして、熱くぬめる舌が媚肉を這い回る。

「ああだめっ、そんなとこ、舐めちゃ……汚い、やぁっ」

セレスティーナは驚愕《きょうがく》して、両手でユベールの頭を押しやろうとしたが、ビクともしない。

「だめ……あ？　あぁあっ、あっあぁあっ」

拒絶の声は甲高い嬌声《きょうせい》に取って代わられた。

ユベールが窄《すぼ》めた口唇で、充血しきった秘玉にちゅばっと音を立てて吸い付いてきたのだ。

目が眩むような甘い衝撃に、セレスティーナは腰を大きく跳ね上げた。

ユベールはむしゃぶりついた花芽を、今度は口中で味わうみたいにゆるゆると舌で転がす。

「あぁ、だめぇ、あ、そこ、だめなのぉ……っ」

セレスティーナは内腿をぶるぶると震わせて、強すぎる快感に耐えようとした。

ユベールは膨れた陰核を軽く吸い上げたり、舌先で突いたり、ころころと飴玉《あめだま》を舐めるみたいに転がしたり、じゅるじゅると猥りがましい音を立てて淫蜜を啜り上げたりと、多彩な動きでセレスティーナを追い詰める。

「あぁ、あぁ、だめ……だめぇ、あぁ、はぁ……あぁ……ん」

セレスティーナは首をいやいやと振り立て、シーツを強く掴んで強すぎる快楽をやり過ごそうとする。

ユベールの舌がひらめくたびに、閉じた瞼の裏でばちばちと火花が散った。

「い、あ、あぁ、あ、は、はぁ、んんんぅ」

彼の舌の動きに合わせて、嬌声がどんどん甲高くなっていく。

じくじくと熱く重い欲望の熱が、隘路の奥に溜まっていく。膣壁がせつなく締まり、そこが刺激を求めていることがわかる。

「あ、あぁ、あ、や……おかしく……あ、やだ、怖いっ……何かが……」

下肢から熱い波のような愉悦が迫ってくる。

それに呑み込まれると、我を失ってしまいそうな予感がした。

「ああお願い、お願い、殿下……だめ、だめに……っ」

これ以上はもうダメだ。必死でユベールの頭を押しやろうとしたが、快楽に酔《よ》い痴《し》れた身体は力を失っていて、ただ彼の黒髪をくしゃくしゃに掻き回すのみだった。

ユベールは花芯を強く吸い上げると、長い舌で媚肉を掻き分け、ひりひり疼く内部をぬちゅぬちゅと掻き回した。

「んんぁ、あ、ん、だめ、あ、だめ、だめぇ……っ」

愉悦の大波に意識が攫《さら》われ、頂点に押し上げられた。

「あああ、あああああっ……っ」

背中が弓なりにしなり、腰がびくんびくんと痙攣《けいれん》した。

セレスティーナは全身を強張らせ、息を詰めて、生まれて初めての絶頂を味わう。

「は、あ、あぁ、あ、あぁ、あああ」

頭が真っ白になり、全身の感覚が抜けきってしまう。

次の瞬間、一気に力が抜けた。

セレスティーナはぐたりとシーツに身を沈め、忘れていた呼吸を取り戻す。

「……は、はぁ、は……ぁ……は」

涙目でぼんやりと天蓋を見上げていると、ゆっくりと身を起こしたユベールが、汗ばんだセレスティーナの額をそっと撫でた。

「初めて、私の手で達《い》ったんだね――なんて無防備で素直な身体なんだろう」

愛おしげに言われて、胸がきゅんきゅんせつなくなり、思わずその手に頬を擦り付けてしまう。

「今度は、私自身を受け入れてもらう――いいね」

まだ愉悦の名残《なごり》でぼうっとしているセレスティーナは、反射的にうなずいてしまった。

ユベールは力を失ったセレスティーナの両足をさらに大きく広げると、トラウザーズをもどかしげに脱ぎ捨てる。引き締まった美しい全身が現れる。

まるで神話の青年神の彫像みたいだ、とセレスティーナはぼんやり思う。

直後、はっきりしないセレスティーナの視界の中に、赤黒くそそり勃《た》つユベールの欲望が飛び込んできた。

「っ……？」

それは清冽《せいれつ》な美貌のユベールからは想像もできないくらい禍々《まがまが》しく長大だった。血管の浮き出た太い肉茎はびくびくと脈動し、傘の張った先端からは先走りの透明な雫《しずく》が滴《したた》っている。

朦朧《もうろう》としていたセレスティーナは、はっと我に帰る。

「で、殿下……っ？」

身構えるより早く腰を引き寄せられ、まだひくついている蜜口に張り詰めた肉塊の先端が押し付けられた。

「や……だめ……無理……そんなの、挿入らないです……っ」

セレスティーナは弱弱しく首を振る。

だがユベールは切羽詰まった声で言う。

「だめだ、セレスティーナ。もう、我慢できぬ。君が欲しくて、欲しくてたまらない――」

ユベールはセレスティーナの華奢《きやしや》な膝裏に手をくぐらせ、恥ずかしい格好に開いた。

「あ、や……」

ユベールが身をかがめ、唇が少し乱暴に重なってきた。

「う……？　ぐ、む……ぅ」

舌の付け根まで強く吸い上げられ、一瞬意識が薄れた直後、ぐぐっと太いカリ首が蜜口を押してきた。

「ひ……」

狭い入り口を、ぐぷりと亀頭の先が押し込まれ、セレスティーナは息を詰める。

そのままじりじりと剛直が押し入ってくる。

「や、苦……し……っ」

ものすごい圧迫感に、セレスティーナは思わず腰を引こうとした。けれどユベールが体重をかけるようにして覆いかぶさってきたので、びくとも動けない。

「あ、ぁ、あ……」

悲鳴を上げたくても深いキスに呑み込まれてしまう。

「や……だめ……」

処女ならではの恐怖で全身が強張る。

と、ユベールが動きを止め唇をわずかに離し、子どもをあやすみたいに声をかけてきた。

「く――きつくて、押し出されてしまう。セレスティーナ、力を抜いてくれ」

「う、う、わ、わからない……どう、したら……」

「ゆっくり、息を吐いて――ゆっくり、ゆっくり」

誘うように言われ、ユベールの声に合わせて少しずつ息を吐く。

すると四肢から徐々に緊張が抜けていく。

「そう、いい子だ――ゆっくりするから」

ユベールがわずかに腰を沈める。

ぬくりと肉竿が前進する。

「あ、あ……」

「そうだ、可愛いセレスティーナ」

力を抜くと、ユベールが褒めるように口腔を舐め回してくれる。

ユベールは優しい声かけと熱いキスを繰り返し、腰を押したり引いたりしながらじりじりと侵入してくる。一度果てて濡れそぼっているせいか、違和感はあるけれど軋《きし》むような感じはない。

「痛いか？」

ユベールは、セレスティーナの表情を見つめながら、気遣うように声をかけてくる。

「少し……でも、だいじょうぶ、です」

痛みよりは、異物で狭い膣腔を押し広げられる熱い感覚に目が眩みそうだ。でもこれが、夫婦になるということなのだ、と実感する。

ユベールとひとつに繋がるという喜びが、セレスティーナを恐怖より感動で満たしていた。

「なんて君は健気《けなげ》なんだろう――君の中、熱くて狭くてぬるぬるしていて、私を包み込む。素晴らしい――たまらないよ」

ユベールが感慨深い声を出し、その声に胸がせつなさでいっぱいになる。

腰をぐ、ぐ、と押したり引いたりしながら、ユベールは時間をかけて半分ほどまで押し進んだ。

「はあっ――」

ユベールが深く息を吐く。ぽたぽたと彼の額から汗が滴り、セレスティーナの頬を濡らす。

見上げれば、欲望に潤んだ青い瞳がすぐそこにある。こんな表情のユベールを見るのは初めてで、自分だけがこの顔を独占できるのだと思うと、苦痛の中にも熱い幸福感が湧き上がってくる。

二人の視線がかち合う。

「もう我慢がきかぬ――セレスティーナ、このまま挿入《い》れてしまうよ」

ユベールが切羽詰まったような声を出し、腰を強く突き上げた。

「あぁっ」

ぐぷりと肉の擦れる感触と共に、胃が押し上げられるような圧迫感に襲われた。身体の奥で何か破れるような感覚がし、鋭い痛みと共に一気にユベールの欲望が最奥まで貫いてきた。

「い……っ……っ……っ」

あまりの衝撃に悲鳴を上げることも忘れた。

根元まで深々と突き入れたユベールは、動きを止めて息を潜めた。

「ああ――全部挿入った――君を、私のものにした」

そのしみじみした声に、セレスティーナは痛みも忘れる。

とうとうこの人の妻になったのだ。

目尻から感動の涙がぽろぽろと零れた。

「セレスティーナ、セレスティーナ」

ユベールが繰り返し名前を呼び、唇で涙を吸い上げてくれる。

それから自分の涙の味がするキスを仕掛けられる。

「ん、ん、ふ……んんぅ」

苦しさと痛みをやり過ごそうと、夢中になってユベールの舌にむしゃぶりついた。

深いキスに耽溺しているうちに、鋭い痛みは徐々に引いていき、引き攣《つ》っていた四肢からも力が抜けていく。

隘路がめいっぱいユベールの男根で埋め尽くされ、そこが灼《や》けつくように熱を持つ。びくびく脈打つ肉胴の形状が生々しく感じられ、淫らな気持ちが迫《せ》り上がってくる。

「ああ、君の中がぴくぴく締めてくる――気持ちいいよ」

息を乱してそうささやかれ、ユベールが自分の中で心地よくなっているという実感に、全身が熱く高揚してくる。

はあっと息を吐き、これで夫婦の契《ちぎ》りは完遂《かんすい》したんだと安堵《あんど》した。

けれど――。

「もう我慢できない、動くよ」

キスの合間に密やかに言われ、えっ？　と目を見開く。

ぬるりとユベールの剛直が抜け出ていく。内壁を引き摺り出されるような喪失感に、ぶるっと腰が震えた。亀頭の括《くび》れぎりぎりまで引き抜いたユベールは、そのまま再び最奥まで突き上げてきた。

「ひあ、あぁぁっ」

内臓まで突き破られそうな衝撃に、セレスティーナは甲高い嬌声を上げた。

抽挿を始めたユベールは、セレスティーナの細腰に手を回し、さらに密着度を高める。そしてそのままがつがつと腰を打ち付け出す。

「や、あ、だめ、激し……っ、あ、ぁ、だめぇっ……」

最奥をぐぐっと押し上げられるたび、目の前に火花が散る。息をつく間もない性急な動きに、痛みすらどこかに吹き飛び、目も眩むような熱い塊が身体の中央を貫く感覚に震撼《しんかん》する。

知らなかった。

男女の営みがこんなにも熱く激しいものだなんて。

「すまぬ、セレスティーナ。だがもう止まらない――」

息を乱したユベールは、セレスティーナの顔中にキスの雨を降らせながら、荒々しく腰を繰り出す。

「は、あぁ、あ、深……っ、あ、殿下ぁ……壊れちゃう……っ」

ぐちゅぬちゅと粘膜が擦れ合う淫らな音が響き、破瓜《はか》の痛みはいつの間には灼けつくような高揚感と強烈な刺激に取って変わられる。

あんなにきつかったのに、抜き差しを繰り返されているうちに、彼の極太の欲望の形状に自分の隘路が作り変えられ、ぴったりと収まりがよくなっていく。

「ああ悦《い》い、君の中、最高に気持ちいいよ、セレスティーナ」

ユベールの熱に浮かされたような声に、きゅんと心臓が鷲掴《わしづか》みされて全身が淫らに燃え上がった。

「あ、あぁ、殿下……私……私……」

感極まって、両手を差し伸べてユベールの背中に強くしがみついた。

男らしい筋肉質の肉体の感触はひどく安心感を与える。

きつく抱き合った身体が、次第にひとつに蕩けてしまうような錯覚。

激しく揺さぶられているうちに、やがて重苦しい熱のようなものが下腹部にどんどん溜まってきて、それが甘い痺れとなって全身に拡がっていく。

「ん、んぁ、あ、ぁあ、あぁ、はぁあ」

はしたない声を漏らしたくないのに、そうしないと身体の中に溜まった淫靡な熱の逃げどころがなく、おかしくなってしまいそうだ。

「ああ、また締まってきた——感じている？　セレスティーナ、私を感じているか？」

ユベールの声は切羽詰まっていて、彼は何かに追い立てられるようにがむしゃらに腰を穿《うが》ってくる。

激しく突き上げられるたび、頭の中に閃光《せんこう》が煌《きら》めき、得体の知れない熱量と浮遊感に思考が飛んでしまう。

「んぁ、あ、や、あぁ、だめ、いやぁ、あぁ、だめぇ……っ」

もはやどうしていいかわからず、本能のままに身を捩《ねじ》り嬌声を上げ続けた。

「く——こんなに悦《い》いものとは——たまらない」

ユベールはくるおしげに息を吐き、ふいに律動に合わせて揺れていたセレスティーナの乳房に喰《く》らい付いた。

凝りきった乳首をきつく噛《か》まれ、じいんと痺れが走る。

「ひうっ、あ、噛まないでぇ……っ」

　思わず仰け反ると、さらに胸を突き出す格好になってしまう。

　ユベールは情熱的な抽挿を繰り返しながら、感じやすい乳首を口に含み、くちゅぬちゅと口唇で扱き上げながら、舌で転がす。

「や、だめ、そこ、しないで、あ、あぁあっ」

　甘い刺激が全身に染み渡り、はっきりとした快感が下腹部を襲ってくる。

「だめ、だめぇ、もう、これ以上……おかしくなっちゃう……だめなのぉ……っ」

「だめと言いながら、こんなに締め付けて──こちらこそおかしくなる」

　ユベールはうねうねと蠢動《しゅんどう》する蜜襞を、滾《たぎ》りきった亀頭でさらにぐりぐり掻き回す。

「ひぅ、う、あ、やめ……あぁ、そんなにしちゃ……っ」

　昂《たか》ぶる。

　気持ちいい。

　もうなにも考えられない。

　頭の中が朦朧としてくる。

　寝室の中に、はあはあという獣のような息づかいと、肉の打ち合わさるぐちゅぐちゅ淫猥《いんわい》な音、結合部から掻き出される愛蜜と先走りの混じったものの濃密な香り、そして自らが発する恥ずかしい喘《あえ》ぎ声──そのすべてが混沌《こんとん》と渦を巻いて、あたりの空気が悩ましく重くなっていくような錯覚に陥《おちい》る。

濃密な空気に溺《おぼ》れてしまう。

とめどない愉悦に巻き込まれていく。

「んぅ、あ、あぁ、は……ぁ」

「悦いか？　気持ちよいか？　私は、とても悦い」

さらに腰の律動を速めながら、ユベールがうわ言みたいにささやく。

「は、あ、も、やだ、だめ……だめなの、もう……っ」

追い詰められてセレスティーナは、歓喜の涙を零しながら身悶《みもだ》えた。

何かがくる。

最初にユベールの指でイカされた時の弾ける愉悦とはまた違う、圧倒的に重苦しい悦楽の波が。

セレスティーナは思わずユベールの背中に爪を立てていた。

「……だ、め、くる、何か……こわい、こわい……あ、あぁっ」

「ああ達くのか、セレスティーナ――私も、もう――出すぞ、君の中へ、全部」

ユベールががくがくと腰を打ち付け、収斂《しゅうれん》する膣襞の中で男根がぐぐっとひとまわり大きく膨れ上がった。

「く――っ」

ユベールが低く唸《うな》り、ぶるりと胴振いしたかと思うと、どくどくと最奥に熱い白濁を迸《ほとばし》らせた。

その瞬間、セレスティーナは目の前が真っ白に染まり、身体がふわりと宙に浮いたような錯覚に陥った。

「……はぁ、んんん、あ、あぁ、あぁあっ……」

セレスティーナの身体がびくびくと引き攣る。

ユベールが動きを止め、セレスティーナの背中に腕を回してさらに密着し、大きく二度、三度と腰を穿った。

欲望の残滓《ざんし》まで一滴残らず注ぎ込まれる。

そして、すべてが終わった。

ユベールがゆっくりとセレスティーナの上に倒れこんでくる。

「ふうっ――っ」

「……はぁっ、は、はあ……ぁ」

どっと身体の力が抜けた。

まだユベールの欲望は内壁に包み込まれたままだったが、徐々に硬度を失ってぴくぴく小刻みに震えている。

汗ばんだ男の肉体の感触が心地よい。

ぴったり合わさった胸から、ユベールの少し速い脈動が伝わってきて、生きている喜びをしみじみ感じる。

「――素敵だった――こんなに素晴らしいなんて、君の身体、想像していた以上だ」

ユベールは熱に浮かされたような声でささやくと、火照ったセレスティーナの額や頬にキスを繰り返し、汗や涙まで舐め取った。

「髪の毛の先から爪先まで、君は私のものだ。この涙のひとしずくだって、誰にも渡さない」

まだ放心しているセレスティーナの唇を、ユベールが貪るように奪ってくる。

「ん、んぅ……ふぅん」

熱い舌が口腔を掻き回してくると、身体の芯に残っている欲望の熾火が燃え上がってくるような気がした。

「……あぁふ、殿下……ぁあん」

あえかな声で呻くと、唾液の銀の糸を引いて唇を離したユベールが、強い視線で見下ろしてくる。

「もう殿下ではない。君の夫だ。名前を呼んでくれ、ユベールと」

請《こ》うような声で言われ、はにかみながら口にする。

「ユ、ユベール様……」

ユベールはひどく満足げな表情になる。

「そうだ。もう一度呼んでくれ」

「ユベール様」

「セレスティーナ」

彼もため息と共に名前を呼び返してくれる。

背中が震える。

自分の名前が、こんなにも甘く淫らに聞こえたことはない。

「ユベール様」

「セレスティーナ」

二人は幾度も名前を呼び合う。

そうしているうちに、まだセレスティーナの中に収まっていたユベールの欲望がむくりと膨れて嵩を増してきた。

「あっ？」

彼の変化に気がつき、セレスティーナは目を丸くする。

ユベールが妖艶に微笑んだ。

「もっと欲しくなった」

無知なセレスティーナは、こういう行為はひと晩に一回だろうと勝手に思い込んでいた。

「うそ、まだ……？」

あんな激しい行為を繰り返されたら、身体が壊れてしまう。うろたえているうちに、ユベールが腕立て伏せみたいに上半身を起こし、ゆったりとした動きで抽挿を開始した。

すでに彼の欲望は勢いを取り戻して、セレスティーナの隘路をぎちぎちに満たしている。

「あ、あ、ユベール様、も、もう、無理です、無理……っ」

セレスティーナが涙目で首をいやいやすると、ユベールが腫れた乳首にチロチロと舌を這わしてきた。

「あっ……ん」

鋭敏になった先端から、ちりっと甘い疼きが湧き上がり、思わず艶《なま》めかしい声を上げてしまう。

「ふふ、君だって、まだ物欲しそうだ——思ったよりいやらしいね、君は」

ユベールが意地悪く笑う。

恥ずかしさで顔が真っ赤になる。普段の彼の調子がちらっと戻ってきた気がした。

そんなの違う。ユベールがいじったり舐めたりするから、いけないのに。

「も、もういいから……抜いてください……あっ」

彼の身体を押し返そうとしたが、ずん、と子宮口まで抉《えぐ》られて、仰け反って甘い嬌声を上げてしまった。

「や、あ、だめ……あ、ぁあ……」

押し上げられるとひどく感じてしまう箇所を、ずぐずぐと突き上げられ、セレスティーナはせつなく身悶えた。

「ああ、きゅうきゅう締まってきた——なんていいんだろう」

ユベールがうっとりした声を出し、次第に腰の動きを速めてくる。

「……あ、ぁ、も、あぁ、ひど……あ、あぁっ」

身体の奥がじんと甘く痺れ、頭が酩酊してくる。

ずるい。大好きな人にこんなに熱く求められて、拒むことなんかできない。

ユベールの情熱的な腕から逃れることは困難で、その夜は数え切れないほど彼の情欲を注がれてしまった。

セレスティーナは愉悦の果てに身も心も疲労困憊《こんぱい》し、いつしか深い眠りに落ちてしまったのだった。

# 第三章　新婚生活は甘くせつなく

泥のように眠りこけていた。

天蓋の幕の隙間から、かすかに光の筋が差し込んでいる。

「ん……」

重い瞼をゆっくり開けると、見慣れぬ寝台の上にいる。次の瞬間、はっと気がつく。

昨夜、ユベールと初夜を迎えて――。

とたんに、身体の節々が軋む。腰の奥にはまだ何かが挟《はさ》まっているような違和感がある。

気だるい顔を起こそうとすると、目の前にユベールの寝顔があった。

「っ……」

彼の腕枕で抱え込まれるようにして寝ていたのだ。

二人ともまだ全裸のままだ。

昨夜の熱狂を思い出すと、セレスティーナは顔から火が出そうになった。

ユベールの腕を解《ほど》いて身を離したいが、ユベールを起こしてしまいそうで迷う。

上目遣いにユベールの寝顔を見守る。

そういえば、彼の寝顔というものを初めて見た。

いつもはきちんと撫でつけている黒髪が寝乱れて、少し幼く見える。長い睫毛《まつげ》が彫りの深い顔に陰影を与え、うっとりするほど美しい。

かすかに開いている形のいい唇は、思わずキスをしたくなる。

普段のユベールは皮肉屋で意地悪だけれど、眠っている彼はとても無防備だ。こんな姿をま近で見られるのは妻だけの特権だ。なんだか抱き締めてあげたいくらいに愛おしかった。

と、ユベールは突如ぱっちりと目を見開いた。

「あっ」

思わず声を上げてしまう。自分の声が少し掠れていて、それが昨夜喘ぎすぎたせいだと思い当たり、頬に血が上った。

「――大丈夫か？」

ユベールはからかうような笑みを浮かべた。

昨夜の痴態の事を言っているのか。ますます顔が赤くなる。

「あ、あんな、ひどいこと……して、もう、知りませんっ」

ぷいっと顔を背けると、ユベールの腕がぐっと身体を引き寄せた。熱い男の肉体の感触に、どきんと心臓が跳ね上がる。

ユベールはセレスティーナの豊かな金髪に顔を埋め、深く息を吸い込みながらささやく。

「ひどいか？　君はとても悦《よろこ》んでいたみたいだけどな」

「っ……」

言い返すこともできない。

「も、もう起きましょう。すっかり寝坊してしまって、きっと臣下も侍従たちも困ってます――」

「初夜の翌日くらい、皆遠慮するさ」

ユベールがくすっと笑って、セレスティーナの耳朶にキスをする。そのままぬるっと耳の後ろに舌を這わされ、思わずびくんと身体が引き攣った。

「あっ……やめてくださいっ」

両手を突っ張ってユベールの胸を押し返そうとするが、さらに強く抱き寄せられ、息が止まりそうになる。

「く、苦し……」

「もう、離さない――私だけのものだ」

耳元で低い艶めいた声でそう言われ、脈動が速まってしまう。

誰も見ていないのだから、仲良し夫婦を演じなくてもいいのに――。身体を捩って逃れようとした。

「離して……」

「そんなに暴れるな。おはようのキスをしてくれたら、離さないでもない」

力ではユベールにかなわない。

「キスしたら、離してくれるのですか?」

「試してごらん」

「もう……」

仕方なく、おずおずと顔を寄せてユベールの唇に自分の唇を押し付けた。自分からキスをするなんて、操ったくて恥ずかしくて、体温が上がってしまう。

「こ、これでいい?」

「もう一回欲しいな」

「もうっ」

駄々《だだ》っ子みたいだと思いながら、もう一度キスをする。

するとさらにぎゅうっと強く抱きしめられた。

「あっ、ちょっ……離すって」

「そんな小悪魔みたいな顔でキスをして、煽《あお》るなんて悪い女だな」

ユベールが自分の下腹部をセレスティーナに押し付けてきた。

彼の欲望が熱く屹立《きつりつ》しているのを感じ、セレスティーナはぞくりと背中が慄《おのの》く。

「ひどいっ、煽ってなんか……ユベール様がしろって……あっ」

ユベールの手がセレスティーナの胸の膨らみをまさぐりだしたのだ。

「やめ……っ」

昨夜散々いじられ吸われた乳首は少しひりひりしていて、少しの刺激で敏感に硬く凝ってしまう。

「もうこんなに乳首を硬くして――君の身体は思ったよりずっといやらしいな」

ざらりとユベールの舌が耳穴に差し込まれた。

「違う……あ、だめっ、あ、ぁ」

鋭敏な乳首と感じやすい耳を同時に攻められて、セレスティーナの下腹部に妖しい疼きが湧き上がってくる。

「やめて……」

刺激をやり過ごそうと身をくねらせると、押し当てられたユベールの屹立を無意識に擦ってしまい、さらに彼を煽る形になってしまった。

「やめない」

ユベールは薄く笑いながら、セレスティーナの耳朶の後ろから首筋にかけて、ねっとりと舌を這い下ろしてくる。

擽ったいようなぞくぞく悪寒が走るような甘い刺激に、悩ましい興奮が身体の奥から染み出してくる。

「い、意地悪っ」

「そうだ、私は意地悪だ。君にだけね。そんなことは、もうとっくの昔に知っているだろう?」

ユベールが喉の奥で笑いを噛み殺し、唇を重ねてきた。

「んんっ……んぅ」

啄《ついば》むようなキスだけで、蕩けるような心地よさに身体が動かなくなる。

「だ……め、ん、んんっ……は」

ユベールの舌が強引に唇を割って押し入り、セレスティーナの舌を絡め取ると、頭頂部がかあっと熱くなって強烈な目眩のような感覚に襲われた。

「や……ん、ちゅ……くちゅ……っ」

強く舌を吸われるたびに、下腹部の奥の疼きはどんどん膨れ上がり、恥ずかしい鼻声を止めることもできず、そのまま深いキスに応じてしまう。

「……は、ふぁ、ユ、ユベール、さま……ぁ」

頭がとろんと蕩け、ユベールの舌と指で淫らな性感が引き摺り出され、もはやセレスティーナは無抵抗だった。


目が眩むような初夜だった。

ユベールは感動に打ち震えていた。

セレスティーナを見初《みそ》めてから十数年、やっとやっと彼女を自分のものにした。

彼女と結ばれることは、ずっと夢想してきた。

でも、実際のセレスティーナとの交わりは、想像の遥《はる》か上をいった。

天国とはこのことを言うのだ。

まだ青い硬い身体が次第に熱く柔らかく解けて、瑞々しく濡れていくさまは、これ以上ないくらいユベールを興奮させる。

髪の毛の一本一本から爪先まで、セレスティーナは自分だけのものだという刻印を捺したい。

肌という肌、細胞のひとつひとつにまで自分の欲望の迸りを染み込ませてしまいたい。

「……ぁ、は、ふぁ……ぁ」

深いキスと愛撫《あいぶ》に翻弄されて、彼女のエメラルド色の瞳がとろんと潤み、色っぽい。その瞳までも、飴玉《あめだま》みたいに口の中で転がしてやりたいほど可愛い。

もはや彼女は抵抗はしない。

熱く柔らかい身体はぐったりとユベールの胸にもたれかかり、好きにしてくれと言わんばかりだ。

起き抜けからすでにかちかちに勃ち上がっていた男根を、今すぐにも彼女のしっとりと柔らかな花弁の中に押し込みたい衝動に駆られる。

だが、まだだ。

破瓜を果たしたばかりのセレスティーナの繊細な蜜壺を、強引に押し開くような真似《まね》をして、嫌われたくない。

情欲に酔っているせいで素直になっているセレスティーナが、興奮が冷めたあとに後悔したりしないよう、じっくり蕩けさせていっぱい気持ちよくさせて、幸福で満たしてやるのだ。

セレスティーナの甘い舌を堪能しながら、ツンと尖った愛らしい乳首を指で転がしたり擦り上げたりすると、面白いくらい彼女の喘ぎ声が甲高くなる。

「は、ふぁ……や、そんなに……あ、ぁぁん」

無自覚に腰をくねらせて、ユベールの怒張を刺激してくるさまもたまらない。

ユベールはゆっくりと身体を起こし、セレスティーナを仰向けに押し倒す。

「……あぁ……」

誘うように揺れる乳房の間に顔を埋め、柔らかな感触を楽しみつつ、ちゅっちゅっと凝った乳首にキスしてやると、たまらないというようにセレスティーナが背中を仰け反らす。

どうしてこんなに透き通るような肌をしているのだろう。

青い血管が透けるくらいに色が白い。

思わず強く吸い上げると、乳房の上に点々と赤い痕《あと》が刻まれ、ユベールの加虐的な独占欲を大いに満足させる。

この極上の肌を味わえるのは自分だけだと思うと、ぞくぞくするほど気持ちが高揚する。

「——可愛い私のセレスティーナ」

思わずつぶやく。

甘い睦言《むつごと》も、行為の最中であれば陶酔しきったセレスティーナはおかしいとは思わない。

まあ、正常な意識の時に、

「またそういうことを言って——」

と、つんとしてそっぽを向く表情もまた格別に愛おしいのだが。

ほんとうは、相思相愛になれたらどれほど幸せだろう。

でも、政略結婚の建前で彼女を強引に手に入れてしまった。

そう、すべてはユベールの策略だ。

グランデ国に密偵を放っては、常にセレスティーナの情報を事細かに報告させていた。

何枚も肖像画を手に入れ、年頃になってどんどん美しくなるセレスティーナに胸をときめかせた。

同時に、うかうかしていてはどこぞの貴族の御曹司や王子に、彼女を奪われてしまうかもしれないとも考えた。

それだけは何としても阻止したい。

だから、グランデ国で結婚が許される十七の歳に彼女がなるや否や、手を回したのだ。

ユベールがセレスティーナを娶《めと》りたいという意思を示した時、メルトリア国内でも異論がなかったわけではない。

特に、王家に対して絶大な影響力を誇るハーレ枢機卿を中心にした貴族議会は、難色を示した。王弟といえど、国王代理で政務を取り仕切っているユベールには、もっと大国の王女が妃にふさわしいのではないかという意見が大半を占めたのだ。

そこをユベールは押し切った。

兄国王の病状が回復すれば、いずれ彼が婚姻するだろう。正式な王妃は、しかるべき大国から選ぶこととなるに違いない。

そうなれば、ユベールは本来の王弟として、少し地位の低い国の王女を娶ることには問題なくなる。そう説得し、貴族議会も最後にはユベールの意思を尊重することになったのだ。

ここ数年、グランデ国がひどい凶作で国庫が破綻しかけていることは承知していた。

そこにつけ込むつもりはなかったが、ユベールにとっては最大のチャンスだったのだ。

グランデ国王にセレスティーナの輿入《こしい》れを打診し、そのさいにグランデ国への多大な援助を申し出た。

娘を取引のように扱うことに、父親としては内心忸怩《じくじ》たるものがあったに違いない。

だが、グランデ国王は是非もなかったろう。

ユベールはひとつだけ、グランデ国王に約束させた。

この婚姻はグランデ国から申し出たことにしてほしいと。何も知らないセレスティーナに結婚を素直に承諾させるには、その方が都合がいいと言いくるめた。その代わり、必ず王女を幸せにすると誓約した。

ほんとうは、プロポーズしてセレスティーナに拒否されることが怖かったのだ。

少々悪どい手を使っても、彼女を自分のものにしたかった。

セレスティーナに嫌われているとはわかっていたが、政略結婚ならば彼女だっていたしかたないと思うだろう。

両国の利益と友好のために、仲のよいふりをしようと言い含めた。

素直で優しいセレスティーナは承諾した。

祖国のためにと精いっぱいよい王弟妃を演じる彼女は、なんて健気なのだろう。

良心が痛む。

でも、愛しているのだ。

溢れる愛でセレスティーナに包み込み、けっして後悔させないつもりだ。

もしかしたら、いつか彼女がこちらに振り向いてくれる日がくるかもしれない。

そうなったらどれほど幸福だろう。

自分の思いに耽ってしまって、思わずセレスティーナの乳首を強く噛んでしまう。

「あ、痛ぅ……っ」

びくんとしなやかな身体がしなり、涙目でこちらを見上げる彼女に、またくらくらした魅力を感じてしまう。

「ふふ、ごめん――舐めてあげる」

余裕のあるふりをして、赤く腫れた乳首を舐めてやると、

「は、あぁ、あぁん」

と、すぐに目を伏せて甘い鼻声を漏らす。

背骨が擦り上げられるような妖艶な声と仕草に、下腹部に一気に血が下りていく。

天使だと思っていたが、ほんとうは彼女は淫靡な悪魔なのではないか、とすら思う。

彼女の本性を暴《あば》きたい衝動に駆られる。

ユベールは両手で乳房を揉みしだきながら、彼女の脇腹から臍、下腹部へと徐々に舐め下ろしていく。

やがで和毛に覆われた割れ目まで辿り着くと、そこを鼻先でさわさわと擦った。

「あっ？　なに？……っ」

驚いたセレスティーナが、きゅっと太腿をきつく閉じ合わせた。

そんな儚《はかな》い抵抗は、こちらの情欲をさらに煽るのだとは知らないのだ。

隠せば暴きたくなる。

ユベールは両腕を下ろして、セレスティーナの内腿に手をかけて、やすやすと大きく割り開いた。

「きゃあっ、やあっ」

甲高い鳴き声を上げて、セレスティーナは自分の顔を両手で覆ってしまう。

そうすれば、自分の恥ずかしい部分が見られていることがわからないからだろうが、そういう幼い仕草にもぞくぞく興奮が昂ぶってしまう。

つつましい花弁は、昨夜の激しい交合で少し赤く腫れて綻んでいる。

処女を散らしてしまったそこを、もっと優しくいたわりたい。

でも、はしたなく蜜を垂れ流す陰唇から、ぷうんと雄を誘ういやらしい甘酸っぱい匂いが立ち上り、ユベールの理性を打ち砕いてしまう。

「蜜がとろとろ溢れて、美味しそうだ」

思わずつぶやき、ユベールはセレスティーナの股間に顔を埋める。

「ああっ、いやあぁっ、そんな……っ」

セレスティーナが悲鳴を上げて腰を引こうとしたが、それより早く舌を差し伸べて花弁をべろりと舐め上げた。

「ひ……っ」

昨夜もしたがまだ抵抗があるらしい。

セレスティーナの身体が硬直する。

舌の上に生温かいかすかに酸味のある愛蜜の味が広がると、ユベールの頭にかあっと熱い血が上った。

濃密な雌《めす》の香りが鼻腔を満たし、猛々《たけだけ》しい情欲が全身を駆け巡る。

「美味しい、君の甘露《かんろ》、もっと味わわせておくれ」

指で媚肉を押し開き、たっぷり蜜をたたえたそこをじゅるっと吸い上げた。

「や、あ、あぁ、だめ……あ、あぁっ」

セレスティーナの腰が跳ね上がる。

嫌がりながらも感じていく姿がたまらなくそそり、太腿を手で押さえ込んで、さらにじゅるじゅるといやらしい音を立てて吸い回す。

「や……あ、ぁ、だめ、そんなこと……あぁ」

羞恥に啜り泣いているが、声は甘く淫らに蕩けていく。

感じている証拠に、新たな愛蜜が奥からどんどん溢れてくる。濡れ光る赤い媚肉が、セレスティーナの忙《せわ》しない呼吸に合わせてひくひく震える様も、この上なく卑猥《ひわい》で刺激的だ。

「ああ美味だ、睡蓮《すいれん》色の花びらの間から、いやらしい蜜がどんどん溢れてくるよ」

わざとセレスティーナの性器の状態を口にしてやると、セレスティーナの白い肌がほんのりピンク色に染まる。

「いやぁ……そんなこと、言わないでぇ」

顔を覆ったまま いやいやと首を振る仕草も愛らしくてならない。

もはやユベールの股間は痛みを伴うほど膨れ上がっていて、一刻も早くセレスティーナの中に挿入したいが、処女を散らしたばかりの彼女の隘路はもっとほぐしてやらねば可哀想だ。

「ほら見てごらん。私が君の秘密の花園を舐めるところを――」

意地悪く声をかけると、セレスティーナはますます強く両手で顔を塞ぐ。

「見たくないの？　いいよ、では君はなにも見えなくてもいいようにしてあげる」

やにわに身を起こし、力の抜けたセレスティーナの身体を引き起こした。シーツの上にうつ伏せさせ、腰だけ引き寄せ尻を後ろに突き出させる格好にしてしまう。

「あっ？　や……っ」

セレスティーナからはわからないが、この体勢だと陰部ばかりかその上の慎ましい後孔の窄《すぼ》まりまで丸見えになってしまう。

「なんて淫らな姿だろう、たまらないよ」

白くムッチリとしたお尻の割れ目に指を這わし、指で陰唇を押し開き、再びそこに口付ける。

「やあっっ、あ、あぁ、あ」

あまりの羞恥からか、セレスティーナは身動きも忘れて力無い悲鳴を上げるのみ。

卑猥な体位を取らされたせいか、さっきよりも彼女の媚肉がひくんひくんとせわしなく開閉を繰り返す。ぐっしょり濡れそぼった割れ目を舐めしゃぶりながら、いよいよ彼女の一番弱い小さな突起を口に含んだ。

「ひぃ、あ……ぃ、いああっ、あぁ」

膨らんだ花芽を舌先でくりくりと転がすと、セレスティーナの嬌声が甲高くなり、柔らかな尻がぶるぶる震えた。

「や……あぁ、そこ、舐めないでぇ、あ、あ、あぁあ、あ」

セレスティーナはシーツに顔を押し付けて、くぐもった喘ぎ声を上げ続ける。

なんで素直で可愛い反応だろう。

舌先で陰核の包皮を捲《めく》り上げ、剥き出しになった花芯を強く吸い上げたり、媚肉全体にむしゃぶりつくように舐め上げたり、夢中になって味わった。

「……はぁ、あ、もう、もうだめ……しないで、あ、ぁあぁん」

セレスティーナは何かに縋るみたいに、両手でシーツをぎゅうっと握りしめ、乱れた長い金髪を振り立てた。

びくつく蜜口からは、とめどなく愛液が溢れ、彼女の太腿を伝わりシーツの上にまで滴った。

「ここ、ひくひくして物足りなさそうだね」

ユベールはうごめく媚肉の狭間《はざま》に、中指を一本突き入れる。熱くぬるつく膣襞が指をきゅんとしめつけてくる。

「んあ、あ、あぁん……っ」

セレスティーナの尻がかすかに左右に揺れ、無意識に雄を誘う。

指を二本に増やし、隘路を押し広げながらゆっくりと内壁をまさぐる。狭いが昨夜ほど硬くはなく、それどころか誘うみたいにうねうねと肉襞が奥へ引き込んでくる。

「あ、あ、だめ、指……挿入《い》れちゃ……あ、は、はぁあ……」

ぐちゅぬちゅと淫水を弾かせ、指でうねる膣襞を掻き回しながら、舌を伸ばして陰核を突いてやる。

「ん、んぅ、あ、は、はぁ、だめ、そんなにしちゃ、あ、だめ、も……もうっ」

セレスティーナは下半身を引き攣らせ、内腿を小刻みに震わせて感じ入った。

「ひぁ、あ、お願い……も、あ、もう、だめ、だめなのぉ……っ」

甘く啜り泣きながら、セレスティーナの爪先がぎゅうっと丸まって力がこもる。

ここぞとばかり、ちゅうっと音を立てて花芽を吸い上げてやる。

「あーっ、あ、あぁあーっ」

甲高い悲鳴が上がり、セレスティーナの背中がぐぐっと仰け反る。

押し込んだ指を、淫襞がきゅうきゅうと締め付けた。

長く尾を引く甘い嬌声が消えた直後、セレスティーナはがっくりとシーツの上にうつ伏せてしまった。

軽く達してしまったのだ。

「……はぁ……は、ぁ……ぁ」

ユベールは上体を起こして、荒い呼吸を繰り返すセレスティーナの様子をじっくりと眺めた。汗ばんでピンク色に染まった白い肌がひどく艶めかしい。シーツの上に拡がった長いブロンドの間から覗く横顔は、とろんと陶酔し切っている。頬は上気し、半開きのぷっくりした唇から赤い舌が覗き、誘うように濡れ光っている。

熟しきった肉体が、無防備に目の前に差し出されている。

もはやユベールは、我慢の限界だった。

彼の剛直は腹に付かんばかりに反り返り、膨れた亀頭の割れ目から透明な先走り液が噴《ふ》き零れている。

おもむろに力を失ったセレスティーナの細腰を引き寄せた。

「ああ、もうたまらない——挿《い》入れるよ、セレスティーナ」

綻びきっててらてらと赤く濡れ光る蜜口に、自分のいきり立つ怒張をあてがう。

「ん、あ……」

もはやセレスティーナは拒絶の声も無く、されるがままだ。

逸《はや》る気持ちを抑えて、ゆっくりと腰を押し進めた。

ぐぬりと濡れそぼった媚肉に先端が押し入る。

「は、あぁん」

狭い入り口を亀頭がくぐり抜けた瞬間、びくんとセレスティーナが腰を浮かせた。だが身体を引くことはせず、そのままユベールの男根の感触を味わっているように息を潜めている。

先端が熱い肉襞に包まれただけで、腰がじんと痺れるほど気持ちいい。

柔らかく濡れてはいるが、まだみっちりと狭い膣腔をじりじりと拓《ひら》いていく。

ほんとうは一気に貫いて、欲望の赴《おもむ》くままに突き上げたい衝動に駆られるが、まだ初夜を終えたばかりのセレスティーナのことを慮《おもんぱか》って、ここは優しく慎重にいきたい。

「ん、んぅ、んん、は、ぁ」

徐々に肉胴が呑み込まれていくたび、セレスティーナが甘い喘ぎ声を上げ、きゅんと蜜口が締め付けてくる。

「ああ――セレスティーナ」

泥濘《ぬかる》んだ熱い肉襞に脈動がじわりと包み込まれていく感触に、下半身が蕩けそうに心地いい。

愛する女性と結ばれることが、こんな素晴らしい行為だったとは。

もとより、ユベールは大国メルトリアの王弟殿下だ。

王城では、様々な美女や貴婦人からの誘惑があった。

メルトリアとの結びつきを強くしたい各国から、若く美しい女性を献上したいという申し出も引きを切らなかった。

けれど、彼はそれらをがんとして拒んできたのだ。

ひたすらセレスティーナと結ばれることだけを夢見て。

他の女性と遊びで関係を持つことは、無垢で清純なセレスティーナを汚《けが》してしまうようで、到底できなかった。

だから、こうやって彼女を自分だけのものにした今、いくら抱いても抱き足りないと思う。

朝も昼も夜も抱いて抱いて、抱きつぶしてしまいたい。

気を抜くとひしめき合った隘路から押し出されそうになるのと、ぐぐっと腰を沈め、屹立の根元まで収めた。

「ああ、全部挿入《はい》ったよ、セレスティーナ」

ユベールはほうっと息を吐き、やわやわと締め付けてくる媚肉の感触を味わった。

「あ、あぁ……は、ぁ」

セレスティーナは華奢な肩を震わせながら、ぎちぎちに膣路を満たしている男根の圧迫感に耐えているようだ。

それでも、初めての時のように泣いて苦しがるようではない。

呼吸に合わせてひくんひくんとセレスティーナの奥が収斂して、それだけで吐精してしまいそうなほど気持ちいいが、ぐっと耐えた。

「動くよ」

声をかけ、彼女の細腰を抱え込み、ゆっくりと抽挿を開始する。

「あ、あぁ、あん、あぁあ」

膨れた亀頭が最奥を突くたび、セレスティーナがせつない喘ぎ声を上げる。

腰を少し引いて、粘膜の結合部を鑑賞しながら抜き差しを続ける。

ユベールの長大な剛直をめいっぱい受け入れた陰唇は、赤く腫れ上がってとろとろに濡れ、抽挿するたびに粘膜が引き摺り出される様子があまりにも卑猥だ。

それでいて、慎ましく開いた花弁はあくまで健気で美しい。

「ああ、気持ちいいよ、セレスティーナ。君の中、最高だ」

熱に浮かされた声を出しながら、ユベールは次第に腰の動きを速めていく。

「はぁ、あ、は、あぁ、あぁあん」

セレスティーナの喘ぎ声も尻上がりに甲高くなっていく。一度秘玉の刺激で軽く達してしまったせいか、ひどく感じやすくなっている。

腰を穿つたびにプルプル揺れる白い双丘は滑らかで、触り心地が最高だ。

豊かな臀部《でんぶ》とは対照的に、ウエストはきゅっと細く、しなやかな背中は極上品のヴァイオリンのように優美な曲線を描いている。

神が造り上げた最高の芸術品だ。

こんな素晴らしい女性を独り占めできる満足感と幸福感に、ユベールは脳髄《のうずい》まで快楽で蕩けそうになる。

「セレスティーナ、私のセレスティーナ」

感に堪えない声を出し、力任せに腰を穿つ。

「ぅあ、あ、やぁ、そんなに激しく……奥が、奥に……っ」

セレスティーナが肩越しに顔を振り向け、酩酊したような潤んだ目でこちらを見上げてくる。

その表情にぐっときて、可愛くてたまらない。

「ああ、セレスティーナ」

思わず身を屈め、腰を繰り出しながらセレスティーナの唇にむしゃぶりついた。

「ぐ、はぁ、ん、んんっ、んぅ」

小さな舌を自分の舌で捕まえて、くちゅくちゅと擦ってやると、セレスティーナの鼻声が甲高くなる。

彼女とのキスは最高だ。なんて甘い唾液と舌だろう。ほんとうに食べてしまいたい。

無理な体勢でキスを強いられているせいで、セレスティーナは苦しげに眉根を寄せ、それでも必死でこちらの舌に応じようとしてくる。

ばちゅ、ばちゅ、と淫猥な水音を立てて腰を打ち付けながら、もっともっとセレスティーナを乱して我を忘れさせたいと思う。

本能的に、彼女の一番鋭敏な箇所を刺激してやろうと思いつく。

片手をセレスティーナの股間に潜り込ませ、ヌルヌルの結合部をまさぐった。

指先で秘玉を探り当て、愛蜜を塗りこめるようにそこを擦り、さらに激しく肉棒を穿った。

「ひあぁっ、あ、だめ、だめぇっ、それ……っ」

セレスティーナが目を見張り、キスを振りほどいて悩ましい悲鳴を上げた。

同時に肉茎を包み込む膣壁がきゅんきゅん立て続けに締まった。

「あぁこれが悦いんだね。セレスティーナ、こうするとどうなの？」

ユベールは満足げに、二所責めを開始する。

びくんびくんとセレスティーナの腰が跳ねた。

「やあぁっ、だめ、おかしく……あ、あぁ、すご……い、あ、すごい……っ」

セレスティーナは背中を弓なりに反らせて、全身を強張らせた。

ぴーんと彼女の四肢が突っ張る。

「こうされると、どうしようもなく悦いんだね、セレスティーナ」

彼女の弱い体位や箇所を見つけると、征服欲でぞくぞく腰が震える。

「だめ、お願い……ユベール、様、変に、なっちゃうからぁ」

セレスティーナがいやいやと首を振って、甘く泣き叫ぶ。

「変になっていい、セレスティーナ。感じて、私をもっと。もっともっと、乱れて」

彼女の心の障壁までも、穿ってしまいたい。

崩れ落ちそうになるセレスティーナの腰を抱えなおし、ユベールはくるおしいほど深く激しく抽挿を続ける。

「あ、あぁぁ、だめ、何か……あ、出ちゃう、あ、ユベール様、だめ、出、るぅ」

がくがくとゆさぶられ、セレスティーナの嬌声が途切れ途切れになる。

「だめになって、セレスティーナ、セレスティーナ」

感じすぎたセレスティーナの媚肉は、沸騰《ふっとう》したかと思うほど熱く熟れ、ぎゅうぎゅうと押し出すみたいにユベールの怒張を締め付けてくる。

気持ちよすぎる。

「ああ――セレスティーナ、言っておくれ、悦《い》いって、言って」

ユベールが上ずった声を出すと、セレスティーナはがっくりと頭を垂れ、快楽に降伏する。

「ふぁ、あぁ、悦い……気持ち、いい……きもち、いい……っ」

悦楽境に堕《お》ちた彼女は、なりふり構わず乱れ出す。

平常心を失って、欲望に素直に身を任せるセレスティーナはなんて蠱惑《こわく》的なのだろう。

ユベールは睾丸《こうがん》にじんじん熱が溜まり、熱い絶頂の波が腰から迫り上がってくるのを感じた。

「悦いのだね、私もすごく悦い、セレスティーナ、ああ、もう達《い》くよ、出すよ」

もはやユベールにも余裕はない。

鮮烈な快感が下腹部全体に満ち、ユベールは無我夢中でセレスティーナの子宮口をがつがつと突き上げる。

「や、あぁんん、あ、私……あ、だめ……あ、だめ、も、もう、もうっ……っ」

セレスティーナの膣肉が男根をぎゅうっと布を絞るみたいに締め上げた。

「く――っ」

ユベールの頭が快感で真っ白に弾け飛ぶ。

獣じみた呻き声を漏らし、ユベールはどくどくとセレスティーナの中に白濁の欲望を吐き出した。

と当時に、セレスティーナの肉襞からじゅわっと生温かい透明な潮が噴き零れ、互いの結合部から股間までもびしょびしょに濡らした。

交合するとき、女性はあまりに心地よくなると、大量の透明な潮を噴くと聞いていた。

これがそれなのか――。

ユベールは愉悦と感動で、涙ぐみそうになる。

彼は深く息を吐き、ぶるっと胴震いした。

「あぁ、あ、あぁ、あああぁ……っ」

セレスティーナの内壁が、ユベールの白濁の欲望を一滴残らず受け入れようとするみたいに、ひくひくと断続的に収斂を繰り返す。

そのうねる動きに、さらに愉悦が助長される。

すべてを出し尽くし、ユベールは夢見心地でまだひくひくと痙攣してるセレスティーナを見下ろす。

愛しい。

愛しすぎる。

この世にこれ以上の幸福があろうか。

汗と感涙に濡れたセレスティーナの横顔を見つめながら、ユベールは身を包む多幸感を噛み締めていた。

初夜を迎えて一週間後の晩は、各国の賓客を迎えての王弟妃のお披露目舞踏会が開かれることになっていた。

「これで大丈夫かしら……」

化粧室の姿見の前で、セレスティーナは何度もナイトドレス姿の自分を点検した。

結婚したので、少し大人っぽい紺色のドレスを選んでみた。デコルテが深く身体にぴったりした胴衣と、細かいドレープが裾で大きく広がるエレガントなスカート。それまでは、フリルを多用したピンクや水色など自分のあどけなさを強調したドレスを好んで着ていたので、こんな色っぽいドレスが似合うか心もとない。

「ねえ、ロサリー、おかしくない？」

傍で髪型の最終チェックをしているロサリーに尋ねる。

「素晴らしくお似合いです——って、王弟妃殿下、もう十回は聞かれましたよ」

ロサリーが苦笑いした。

と、化粧室の扉が少し性急にノックされる。

「セレスティーナ、そろそろ舞踏会場に行く時間だぞ」

苛立たしげな声はユベールだ。

「あ……も、もう支度できましたから」

慌てて返事をすると、ほとんど同時に扉が開いた。

ユベールが大股で入ってくる。

今夜の彼は、スモーキーグレイの燕尾服《えんび》姿で、白ピケの蝶《ちょう》ネクタイに磨き上げられた黒のエナメル靴。絵から抜け出したように格好がいい。割れた裾を翻《ひるがえ》してこちらに姿勢よく歩いてくる姿は、颯爽《さっそう》として惚《ほ》れ惚《ぼ》れしてしまう。

だがその端整な顔はいささか不機嫌だ。

「国賓《こくひん》の方々を、あまり待たせるわけにはいかぬ」

叱責するような口調で言われ、セレスティーナはしゅんとしてしまう。

「ごめんなさい……ドレス選びに時間がかかってしまって」

ユベールがまじまじとこちらを見る。

彼は無言になる。

セレスティーナはいっそう萎縮《いしゅく》してしまう。

背伸びして、大人っぽいドレスを選んだのは失敗だったのかもしれない。

「うむ――」

ユベールが低く唸るような声を漏らしたので、セレスティーナは泣きそうになった。

「あの……着替えた方が、よいですか?」

おずおず言うと、ユベールははっと表情を正した。

「そんな時間はない。そのままでよい、おいで」

腕を差し出されたので、慌てて自分の腕を預けた。

やはりこのドレスは彼の気に召さなかったようだ。

このまま、国賓たちがひしめく舞踏会場に行くなんて――足が竦む。

いつもよりユベールが不機嫌そうなのもいたたまれない。

大勢のお供の侍従に囲まれ、舞踏会場を目指して長い廊下を進みながら、セレスティーナはユベールにだけ聞こえる声でささやいた。

「……ごめんなさい」

ユベールは目を剥いてこちらに顔を振り向ける。

「何を謝っている？」

「だから、このドレス……」

「似合いすぎる」

ユベールは前を向き直り、ぼそりと言う。

「え？」

見上げたユベールの横顔の耳朶が、かすかに赤いような気がした。

彼はまっすぐ前を見たまま繰り返す。

「恐ろしく似合っている」

セレスティーナは目をぱちくりする。

それは褒めているのだろうか。

「きっと誰もが君に注目し、ちやほやするだろう——それがすこしばかり癪《しゃく》だ」

怒っているのか喜んでいるのかわからない。

セレスティーナは首を伸ばしてユベールの青い瞳を捕らえようとした。ちゃんと真意を知りたい。ドレスが気に入っているなら、そうはっきり言ってほしい。

しかし、ユベールは頑として前を向いたままだった。

ほどなく舞踏会場に到着してしまい、セレスティーナは問いただすきっかけを失ってしまう。

「王弟殿下、王弟妃殿下、御入場でございます」

先触れ係の侍従が大声で呼ばわり、舞踏会場の観音開きの扉がパッと開いた。

鏡張りで煌めくクリスタルのシャンデリアが眩《まばゆ》い広い舞踏会場から、荘厳なメルトリア国歌の演奏が響いてきた。

「ゆくぞ」

ユベールの腕にぐっと力が篭る。

セレスティーナはそのたくましい腕の感触に、頼もしさを感じて気持ちが落ち着いてくるのを感じた。

「はい」

しっかりと返事をし、顎を引き胸を張ってユベールとともに踏み出した。

舞踏会場にひしめく美麗な衣装の紳士淑女が、いっせいにこちらを見る。

ほおっと会場がどよめく。

その熱気に、セレスティーナは一瞬だけ足が竦んだ。

ユベールが耳元で励ますみたいにささやく。

「見ろ、皆が君の美しさに見惚れている──思ったとおりだ」

その満足げな声に安堵して、自然と笑みが浮かんだ。

でもセレスティーナは内心思う。

（皆さんが歓声を上げたのは、ユベール様があまりに素敵だからだわ）

ユベールは凛々しく華麗で気品に溢れている。選ばれし者だけが身に纏《まと》うことができるオーラのようなものが彼の全身から漂っていて、近寄りがたいくらいだ。

こんな素晴らしい男性と結婚できただけでも、誇らしくてならない。

二人は会場の真ん中を優美な足取りで抜け、奥の一段高い階に据えられている玉座に並んで腰を下ろした。

国歌の演奏が終わると、ユベールはゆったりとした動作で立ち上がった。

「今宵《こよい》は私たち夫婦のためにお集まりいただき、感謝の念に堪えません」

澄んで朗々《ろうろう》とした彼の声は、広い舞踏会場の隅々まで響き渡る。

ユベールは優雅な仕草でセレスティーナに手を差し出す。

セレスティーナはその手に自分の手を預け、立ち上がった。

「紹介します。我が妻、セレスティーナです」

セレスティーナはあらかじめ打ち合わせしていたとおりに、会場の客たちに向かって美しい所作でお辞儀をした。

ユベールは一歩先に階を下り、セレスティーナを誘導する。

「では、最初のワルツをご披露《ひろう》いたします」

ユベールのその言葉をきっかけに、王宮楽団が優美な旋律の曲を奏で始める。

セレスティーナを中央まで導いたユベールは、こちらに向き直り、彼女の手を取りもう片方の手を背中にそっと添えてきた。

彼が目で合図する。

セレスティーナはこくんとうなずく。

二人はそのままワルツを踊り出した。

ぴったり息の合った流麗なダンスに、人々が感嘆のため息を漏らした。

もともとダンスは得意なセレスティーナだったが、ユベールのリードはとてもスマートで無駄がなく、こんな思うままに踊れて楽しいダンスは初めてだ。

「なかなかやるな王弟妃――田舎者《いなか》のダンスでは、足でも踏まれるのではないかと思っていた」

踊りながらユベールが、皮肉めかして耳打ちしてくる。

「王弟殿下こそ、田舎者《いなか》相手にリードがお上手ですわね」

気持ちに余裕のできたセレスティーナは、負けじと言い返す。

ついでに、ちょこっとユベールのぴかぴかの靴の先をわざと踏んでやる。

微妙にユベールのステップが乱れる。

「あら、ごめんあそばせ、うっかりしました」

にこっと微笑んで見上げると、ユベールの目元がかあっと赤らんだ。

「この――」

彼が少し乱暴にセレスティーナの身体を回す。

「きゃ……」

思わず声を漏らしてしまい、赤面してユベールを睨むと、彼はにやにや笑っていた。

ムッとするが、顔には出さないでおいた。

周囲の客たちから、ひそひそ声が聞こえてくる。

「まあ、なんてお幸せそうなお二人でしょう」

「微笑みあって、ほんとうに仲のよいことだ」

セレスティーナは内心苦笑してしまう。

傍目《はため》には仲睦まじく見えているのなら、このお披露目でも仮面夫婦としては大成功だ。

よもやユベールがセレスティーナを嫌っているなんて、誰も思いもしないだろう。ダンスが楽しいだけに、ほんとうに仲良しだったらもっとワクワクしてしまうだろうと、少しだけ物悲しい気もした。

最初のワルツの披露が終わり、ユベールとセレスティーナが向き合ってお辞儀を交わすと、いっせいに拍手が湧いた。

その後、ユベールとセレスティーナは玉座に戻り、招待客たちはいっせいにそれぞれのパートナーとダンスを始めた。

ダンスの合間に、各国の賓客が玉座に挨拶に来るので、セレスティーナはユベールと共に笑みを絶やさずにいた。

ユベールの恥にならぬようにと気を張っているので、なかなかに疲れる。こっそり座る位置を変え、背中の強張りを楽にしようとした。

と、玉座の肘置きへ置いた手に、そっとユベールの手が重ねられた。彼は顔をこちらに寄せ、耳打ちしてきた。

「疲れたか？　席を外して、控えの間で一服してもよいぞ。ここは私が引き受けるから」

思いもかけない優しい言葉に、胸がじんわり温かくなる。

でも気丈に首を振った。

「いえ、大丈夫です。王弟妃として、恥のない振る舞いを最後までしますから」

ユベールがこちらを気遣わしげに見て、何か言いかけた。

「セレスティーナ、君は――」

「王弟殿下、王弟妃殿下、ご成婚おめでとうございまする」

少しきんきんした男の声がした。

派手な金色の法衣《ほうえ》に身を包んだ、ハーレ枢機卿だ。

彼に手を取られて、深紅の豪奢《ごうしゃ》なドレスに身を包んだ、背の高い女性が近づいてくる。

ユベールがさっと前を向き直った。

「これは、ハーレ枢機卿。それに、ハーネル皇国のウヴァル皇女殿下」

ウヴァル皇女と呼ばれた若い淑女は、婉然《えんぜん》と微笑み、階の前でお辞儀をした。

「このたびは、ご結婚おめでとうございます、殿下」

年の頃はセレスティーナと同じくらいか。艶やかな黒髪にぱっちりした青い目の美女だ。すらりとしてスタイルが良くグラマラスで、数多い賓客の中でも飛び抜けて目立って美しい。着ているドレスも凝ったデザインで宝石を無数に散りばめてあり、一目で高価とわかる。

ハーネル皇国といえば、メルトリア王国と肩を並べる大国で、二つの国は大陸を二分する勢力を誇っていると聞いている。そのハーネル皇国の皇女であるだけに、ひときわ威厳があり堂々としている。

ウヴァル皇女はセレスティーナには目をくれず、婀娜《あだ》っぽい眼差しでユベールを見上げた。

「ひどいですわ、殿下。こんな可愛らしいお方がおられたなんて、私にも教えてくださればよかったのに。幼馴染《おさななじみ》として、水臭いですわ」

ユベールは礼儀正しく答える。

「それは失礼したウヴァル皇女。こちらが妃のセレスティーナである」

セレスティーナはウヴァル皇女に丁寧に頭を下げた。

「初めまして、ウヴァル皇女殿下」

しかし、ウヴァル皇女はセレスティーナの挨拶には答えず、少しハスキーな色気のある声でユベールを誘う。

「殿下、久しぶりに踊ってくださいませんか？」

ユベールはちらりとセレスティーナに視線をやり、珍しく口ごもる。

「いやしかし、セレスティーナを一人残して――」

横にいたハーレ枢機卿がユベールを促した。

「殿下、せっかく遠路はるばるお祝いに参列してくださった皇女殿下に、失礼無きよう。なにとぞ、一曲」

セレスティーナは素早く口添えした。

「ユベール様、どうぞ、お相手をなさってください。私、一人でも大丈夫ですから」

ユベールはかすかにうなずき、立ち上がった。

「わかった。皇女殿下、お相手つかまつる」

ウヴァル皇女が満面の笑みになる。

微笑むと匂い立つような色気があって、女性のセレスティーナでも息を呑んでしまう。

ユベールはウヴァル皇女の手を取り、会場の中央に進み出た。

周囲の男女が遠慮して場を空ける。

二人は向かい合い、手を取り合って踊り出す。

曲が変わり、速いテンポのマズルカになる。

リズミカルに踊る背の高い美男美女の二人は、ほんとうに目立つ。

ウヴァル皇女のダンスはとても華麗で、ステップを踏むたびに膨らませたスカートが大きく広がって、大輪の花のようだ。

二人のダンスはその場の空気を攫《さら》った。

周囲の人々が歓声を上げて、手拍子を打ち出す。

ウヴァル皇女が自信に満ちたキラキラした目でユベールを見上げ、彼も微笑み返している。

セレスティーナは、ぼんやり二人を眺めていた。

なんてお似合いだろう。

ハーネル皇国の城のある首都は、経済が発達した大都会だと聞いている。そこに生まれ育っているウヴァル皇女はとても垢《あか》抜《ぬ》けて、センスも抜群だ。大勢の人々の前で、堂々として少しも萎縮しない。

それに比べ、食べていくのもやっとの小国グランデの王女の自分は、どこか泥臭さが抜けていない気がした。ウヴァル皇女みたいに自信に溢れた態度は、とても真似できない。

今まで気がつかないふりをしていたが、ウヴァル皇女の姿を見ると、いかに自分が田舎者のちっぽけな王女だったかを思い知る。

ユベールがからかうのも無理はない。

彼だって、政略結婚でなかったら、もっと洗練された魅力の貴婦人を妻にしたかったかもしれない——そう、あのウヴァル皇女のように。

もしかしたら、ユベールが昔から心を寄せてたという美しい女性というのは、ウヴァル皇女のことかもしれない。二人の会話から推測すると、気心の知れた幼馴染のようだし。そうだ、きっとそうに違いない――。

そんなことを考えると、胸がずきずき痛み息が苦しくなってくる。

「……ロサリー、私、少し、風に当たりたいの」

セレスティーナは階の横に控えていたロサリーに、弱々しく声をかけた。

ロサリーが素早く寄ってきて、セレスティーナが立ち上がるのに手を貸した。

「今なら、皆様無礼講のご様子で、退席しても大丈夫でしょう。さあ――」

ロサリーが小声で促し、セレスティーナは彼女の手に縋って階を下りた。

「王弟妃殿下は、小休憩を取られます」

ロサリーは落ち着いた声で、周囲の侍従や臣下に告げた。

セレスティーナはそのまま、中庭に面したバルコニーに出た。バルコニーからまっすぐ庭園に出ていける。美しく剪定《せんてい》された中庭の高台には、大理石で出来た休憩用の四阿《あずまや》がある。

「ロサリー、ユベール様がお戻りになったら、知らせに来てちょうだい。それまで、そこの四阿のベンチで休んでいるから」

「かしこまりました。ご無理なさらぬように、妃殿下」

ロサリーが去ると、セレスティーナはゆっくりと四阿への階段を上っていった。

少し建物から離れただけで、あたりは静寂に包まれる。

月明かりに白く浮かび上がる四阿に辿り着くと、すでにそこには先客が居た。ベンチの上に座っている男性の影。

「あ――」

セレスティーナが軽く声を上げたので、その人物が振り返る。

ユベールの弟殿下シャルルだった。

彼はセレスティーナを目にすると、顔を赤らめた。

「これは、王弟妃殿下」

シャルルが素早くベンチの隅に移動したので、セレスティーナはそっと反対側の隅に腰を下ろした。

「シャルル殿下、お一人なんですか？」

セレスティーナの言葉に、シャルルはますます顔を赤らめてうつむいた。

「わ、私は兄上と違って、社交的じゃないんです。どうもああいう華やかな席は苦手で――王弟妃殿下こそ、お一人ですか？」

シャルルはいつも控えめで内気で、鋭いナイフみたいな気性のユベールの陰に隠れてしまうが、とても知的な人物だ。セレスティーナは最初に会った時から、彼に好感を持っていた。

「ユベール様は、ハーネル皇国の王女様と踊っておられますから……」

シャルルがこちらに顔を振り向けた。

「ああ、ウヴァル皇女殿下ですね。あの方は、昔から兄上に付きまとっていましたから」

穏やかな雰囲気を纏ったシャルルに、セレスティーナはぽろりと愚痴《ぐち》を零してしまう。

「とてもお美しい方で、ユベール様とお似合いで——私みたいな田舎出の王女など、とてもかなわないです。ユベール様も楽しそうで……」

シャルルが眉を顰める。

「王弟妃殿下、それは違います。ハーネル皇国は強国です。ユベール兄上は、ウヴァル皇女のご機嫌を取らざるを得ないのです。病で伏せっている兄国王の代理として、ユベール兄上はあらゆるところに気を配らねばならない。その超人的な働きは、とても私にはできません——だから」

シャルルが穏やかに微笑む。

「ウヴァル皇女のことを、お気になさることはありませんよ」

セレスティーナは彼の優しい言葉に気持ちがじんわり温かくなる。

「ありがとうございます、シャルル殿下」

そう言って、セレスティーナも微笑み返した時だ。

「そこで、何をしている？」

ふいに暗闇から鋭い声がした。

セレスティーナとシャルルは、はっとして振り返る。

四阿に上がってくる階段のところに、ユベールが立っていた。

ひどく険しい表情をしている。

彼はつかつかと階段を上りきり、ベンチに近づいてきた。

ユベールは怒りを抑えきれない声で、シャルルに向かって言う。

「私の妃とここで何をしていた？」

「あ、兄上――」

内気なシャルルは、赤面して口ごもってしまう。

「ひどく気安げではなかったか？」

その責めるような口調に、セレスティーナは憤然として口を挟んだ。

「私たちは、ただ世間話をしていただけですわ！　おかしな言い方をなさらないで！　シャルル殿下に失礼です！」

ユベールが勢いに呑まれたように口を閉ざした。

セレスティーナはまっすぐユベールを見つめて言う。

自分とシャルルの仲を、変に勘ぐっているようなユベールの態度に少し腹立たしかった。ユベールはそんな器の小さい人ではないはずだ。

「少し疲れたので、風に当たって休んでいただけです」

ユベールの愁眉《しゅうび》がわずかに開く。

「そうか――ではもう、舞踏会は退出するか。私もいささか気分がよくない」

セレスティーナはさっと立ち上がった。

「なにをおっしゃいますか。今夜は私たちのための舞踏会ではないですか。招待された方々に申し訳がたちません。最後までその務めを果たしましょう」

ユベールは目を見開く。

セレスティーナは澄んだエメラルドの瞳でキッと彼を見返す。

シャルルも、感に堪えない表情でセレスティーナを見た。

ユベールは憑《つ》き物が落ちたように、真顔になった。

「そうだ。その通りだ。では、妃、一緒に舞踏会場に戻ろう」

ユベールがすっと腕を差し出したので、セレスティーナはうなずいて優美な仕草で自分の手を預けた。

「シャルル殿下、失礼申し上げました。いろいろお優しいお言葉をいただき、感謝します」

セレスティーナはシャルルに頭を下げた。

シャルルはまた赤面し、うなずき返す。

セレスティーナは顔を前に振り向け、ユベールを促す。

「さあ、まいりましょう」

ユベールはわずかに気圧《けお》された表情になるが、すぐに尊大な態度を取り戻し、胸を張って歩き出す。

階段を下り舞踏会場に向かいながら、ユベールがいつもの口調で言う。

「たいそうな口をきいたからには、終わりまで見事に私を愛する妃を演じてもらうぞ」

「わかっております」

セレスティーナはとびきりにこやかに微笑んで、ユベールを見上げた。

自分でも不思議だが、さっきまであんなに自信喪失《そうしつ》して落ち込んでいたのに、ユベールの顔を見ただけで元気を取り戻した。

もしかしたら、ユベールはセレスティーナのことを心配して来てくれたのかもしれない。

少しでも気にかけてもらっているんだと思うと、それだけで気持ちが浮き立って嬉しくなってしまう。

（私って単純だ——でも、やっぱりユベール様のことが好きなんだわ……）

ベランダから現れた二人は、晴れやかな笑顔で招待客たちに挨拶した。

「主賓が席を外して申し訳ない。新妻が少しだけ、二人きりになりたいなどとおねだりしてきたものでな」

ユベールが軽口を叩いたので、人々はどっと湧いた。

「な、なにをおっしゃるの……」

セレスティーナは恥ずかしさで真っ赤になってしまったが、その初々《ういうい》しい反応もまた皆を微笑ましい気持ちにさせたのである。

「殿下、私ともう少し踊ってくださいません？」

途中、不服そうなウヴァル皇女が二人の間に割って入ろうとした。

ユベールはかすかに綺麗な眉根を寄せた。

ウヴァル皇女は婉然《えんぜん》と微笑んでユベールを見つめる。傍にいるセレスティーナのことは、やはり完全無視である。

するとと、後から戻ってきていたシャルルが、機転をきかせて声をかけてきてくれた。

「ウヴァル皇女殿下、では、今度は私とダンスを踊ってくださいませんか？　ユベール兄上ほど上手ではありませんが」

「え——ええ、そうね」

ウヴァル皇女は、第二王弟殿下の申し出を拒むわけにもいかないので、不承不承という感じでその場から離れていった。

その後、ユベールとセレスティーナは終始熱い眼差しで見つめ合い、仲良しそうに耳打ちをし合い、何曲もダンスに興じた。

舞踏会は終始盛り上がり、盛況のうちに幕を閉じたのだ。


「ああ……もうくたくたです」

ようやく舞踏会がお開きとなりユベールとセレスティーナが自室に引き取ったのは、夜半過ぎであった。

セレスティーナは応接間のソファにぐったり身を預けた。

あまりに笑顔を作り続けたので、顔の筋肉が強張っているみたいな気がした。

「君は、意外にしっかりしているのだな——見直した」

上着を脱いで椅子の上に放り出し、蝶ネクタイを外しながらユベールが独り言みたいに言う。

四阿でのことを言っているのだろうか。

「今夜の舞踏会で、誰もが君を王弟妃として認知したろう。これで我が国と君の祖国の仲は安泰だ」

ユベールは満足げに言うが、セレスティーナはウヴァル皇女のことが頭にチラついて仕方ない。

「でも……やっぱり小国の私では、メルトリア王国には釣り合いが取れないかもしれません……」

ボソッとつぶやくと、ユベールがやにわにソファに背もたれに、どん、と片手を付いて見下ろしてきた。

その勢いにびくっとして顔を起こす。

すぐそこに端整な顔があり、青い瞳が妖しく光っている。

「なんだそれは？　私との結婚を後悔しているという意味か？」

獲物を狙う鷹《たか》のような眼差しに射すくめられ、セレスティーナはドキドキと心臓が高鳴ってしまう。

「ち、ちがいます……私は……」

「シャルルの方が、好みなのか？　彼は穏やかで人当たりがいいからな。彼に口説《くど》かれて、嬉しそうにしていたではないか」

セレスティーナは目を丸くする。

なぜシャルルの話になるのだろう。ちょっと話をしていただけで、どうして口説いていたと思うのか。なぜユベールがそんなにイライラしているのか、理解できない。

「シャルル殿下は、そのようなお方では――」

「もう弟の話はするな」

「そんな、ユベール様から言い出して……う、ぐ……ふっ」

荒々しく唇を奪われた。

「んんっ、や……っ」

顔を振りほどいで身を起こそうとすると、強い力で両方の手首を掴まれ、身動きを封じられる。

「ふ……は、ぁ、んんんっ」

ユベールは強引に唇を割り開き、熱い舌で口腔を蹂躙《じゅうりん》してくる。

「……んや、ぁ、あ……ふぅ……っ」

口中を掻き回す巧みな舌の動きに、全身に甘やかな刺激が駆け抜ける。

「だ、め……こんな……ふ、ぁう」

顔を背け必死に抗おうとするが、ぢゅうっと溢れる唾液と共に舌を強く吸い上げられると、下腹部の奥に妖しげなざわめきが生まれてどんどんそれが膨れ上がってくる。

「やめ……て、もう……っ」

必死で首を振って唇を引き剥がすが、今度は耳に舌が這い回り、背中がぞくぞく甘く痺れて身体が熱く燃え上がってくる。

「そらもう、感じ始めた——君の感じやすい弱い部分は、全部知っているんだ」

ユベールが勝ち誇った声を出し、耳孔に深く舌を差し入れ、ぐちゅぐちゅと湿った淫猥な音を響かせた。

「やぁ、耳、やめて……だめ、そこ……あ、ぁあ……」

鼓膜まで犯されているような淫らな感触に、さっと白い肌が粟立つ。

「感じているのだろう?」

ユベールは耳殻を舌でなぞり、敏感な耳裏をねちっこく舐め回してくる。そこをぬめった舌で擦られるとぞくぞくと甘い身震いが走り、秘裂がひくりと物欲しげに戦慄《わなな》いてしまう。普段はなんでもない身体の一部が、ユベールの手にかかると、淫らで甘い悦楽を生む器官になり変わってしまう。

「あ、あぁ、あ、や……ぁ」

セレスティーナは甲高い鼻声を止めようもなく、疼く腰をくねらせる。

「そんな甘い声で鳴いて——君の身体のほうが、ずっと素直だな」

ユベールはデコルテの深いドレスの胸元に美麗な顔を埋め、服地の上から高い鼻梁《びりょう》で乳房を撫で回す。刺激を受けた乳首が、ドレスの内側でつんと尖ってしまう。

ユベールは探り当てた乳首を、服地ごと咥《くわ》え込んだ。

「ひは、あっ……」

じりっとむず痒《がゆ》いような刺激がそこから下腹部へ走り、セレスティーナは白い喉頸《のどくび》を仰け反らして大きく息を吸った。

唾液で濡れた布が乳首にぺたりと張り付き、凝った乳首の形がくっきり浮き出てしまう。

「いやらしいね。こんなに乳首を尖らせて」

ユベールがこりこりと乳首に歯を立ててくる。

「あ、だめ、噛んじゃだめぇ……あ、ぁあ」

一瞬の鋭い痛みの後、噛まれた部分がじわじわと熱く熱を持って、そこを今度はねっとりと舐め回されると、居ても立ってもいられない疼きが全身を犯す。

重苦しい熱が下腹部の奥へどんどん溜まって、媚肉がきゅんきゅん収斂を繰り返し、そのたびに猥りがましくせつない飢えに攻め立てられる。

「お願い……もう、いじめないで……」

セレスティーナは息も絶え絶えで懇願する。

胸元から顔を上げたユベールが、勝ち誇ったような表情で言う。

「やめてほしいのか？　それとも、もっとしてほしい？」

「……や……ぁ」

そんなこと、口にできない。頬に血を上らせ、恨めしげにユベールを睨んだ。

彼の欲望をはらんだ青い目が、意地悪げに細められる。

「素直になれ――欲望に忠実なほうが、素直な君らしくてよいぞ」

ユベールは片手でセレスティーナの両手首を一纏《ひとまと》めにして頭の上に固定し、開いたほうの手でスカートを手繰《たぐ》り上げた。

「あっ」

腰の上までスカートが捲り上げられ、ユベールのしなやかな指がドロワーズの裂け目から潜り込んでくる。二本の指が、くちゅりと花弁を暴いた。

「やっ……」

「もうとろとろじゃないか」

からかうように言われ、図星なだけに耳朶まで真っ赤にして無言で首を振る。

「ここが物欲しげにひくついている」

長い人差し指と中指が、ぬくりと蜜口に押し込まれた。

「ひ、あ、ん、んん」

熱く熟れた媚肉に、ひんやりとした節くれだった指の感触が心地よい。突き入れられたまま、ゆるゆると円を描くように掻き回されると、ぬちゅぐちゅと淫猥な水音が立った。

「い、やぁ、やめて……音、立てないでぇ」

飢えた陰唇を擦られる心地よさに、総身がぶるりと震える。

「聞こえるかい？　君のここ、私が欲しくてしかたないみたいだ」

指をうごめかしながら、ユベールが熱に浮かされたような声を出す。

「ひどい……意地悪……っ」

恨めしげに濡れた瞳で睨むと、彼は満足げににんまりする。

「私が意地悪なのは、今に始まったことではないだろう？」

彼は内壁に挿入した指をカギ状に曲げ、ゆっくりと臍のすぐ裏側あたりを穿ってきた。

「あっ、やめて、そこ……」

セレスティーナはびくりと腰を浮かせた。

恥骨の裏側の少し膨れた部分を押されると、せつないくらい心地よく感じてしまうのだ。この一週間、毎朝毎晩のようにユベールに抱かれ、身体中の感じやすい部分をひとつひとつ暴かれてしまった。

特に内壁のその部分は、指で押し上げられると、頭が真っ白になるくらい気持ちよくなってしまう。

「あ、あぁ、だめ、あ、しないで……あ、あぁぁ……っ」

膣襞が中を埋めてほしくて、きゅうきゅう蠢動する。

「やめて、だめ、あ、あぁ、だめなの……っ」

性感帯の一点を責められると、おのずと肉腔自体がユベールの太くて硬い欲望で埋め尽くしてほしいと、忙しない収斂を繰り返してしまう。

気持ちいいのにまだ足りないと、セレスティーナを卑猥に追い立てるのだ。

それを十分知っているユベールは、あえて最奥には触れずにそこばかりを突き上げてくる。

ぐじゅぐじゅと愛液が泡立ち、あっという間に絶頂に駆け上る。

「や、あ、だ、め、あ、あぁ、ん、んんんっ……っ」

セレスティーナはいっそう甲高い嬌声を上げ、腹部を小刻みに震わせて達してしまう。きゅんきゅんと蜜壷が締まり、ユベールの指をきつく締め上げた。

ユベールが指を引き抜くと、どっと大量の淫潮が噴き溢れ、ドロワーズをびしょびしょに濡らした。

ぷんと甘酸っぱい雌の匂いが漂う。

「……はぁ、あ、は、ぁあ……」

小刻みに呼吸を繰り返すセレスティーナの眼前に、ユベールが濡れた指を見せつけるように持ち上げた。

「これでも、欲しくないの？」

セレスティーナは顔を真っ赤に染めてうなだれる。

「ひどい……こんなにして……欲しくなんかないもの……」

弱々しい声で抵抗するが、もはや媚肉の疼きは限界を超えていて、今すぐに埋めてもらわなければ、どうにかなってしまいそうだ。

それでも羞恥心から震える唇を噛み締めて無言でいると、痺れをきらしたのか、ユベールは乱暴に濡れたドロワーズを引き下ろしてしまう、そして片手で器用に自分のトラウザーズを緩めると、濡れそぼった陰唇に、硬く屹立した欲望の先端を押し付けた。

「あ……ん」

淫らな期待に思わず腰が浮く。

だが、ユベールはそこで浅瀬をくちゅくちゅ掻き回すだけで、それ以上は挿入してこない。

「やぁ……」

セレスティーナは焦《じ》れて潤んだ瞳でユベールを見上げる。

「ほら、どうしたいのだ？　言ってごらん、セレスティーナ」

ユベールは腰を浅く前後に揺すりながら、快感と焦燥感に苛《さいな》まれるセレスティーナの表情を面白そうに鑑賞している。

彼の思うままになっているのが口惜しい。

でももうこんな焦らしは、耐えられない。

息を乱して、消え入りそうな声で言う。

「……お、願い……ユベール様……」

「ん？」

ユベールが、わずかに腰を前進させる。

ぬくりと熱く太いものが蜜口をかいくぐり、それだけで軽く達してしまいそうになった。

「あっ、んん」

腰を浮かせてさらなる挿入を期待すると、ユベールは硬く滾った剛直を半分だけセレスティーナの泥濘《ぬかる》んだ内壁に収めたまま動きを止めてしまう。

「あ……」

「お願いの続きを、聞きたい」

熱っぽい青い瞳がじっと見下ろしてくる。

「あ……あぁ……」

もはやこちらから腰を突き出して、最奥まで受け入れてしまいそうになる。でも、そんなはしたないことはさすがにできない。

切羽詰まった眼差しでユベールを見つめると、彼の方もせつなげに目を眇《すが》めた。だが、彼は動こうとしない。

「言ってほしい、セレスティーナ」

ふいにユベールの声が柔らかくなる。

高慢な態度からいっぺんして、懇願するようなその響きに、心臓がくるおしく脈動を速めてしまう。蜜口がひとりでにせわしなく開閉して、ユベールの肉棒を奥へ引き込もうとする。

「ほ、欲しい……の」

セレスティーナは声を震わせた。一度欲望を口にしてしまえば、あとは堰が切れたみたいにとめどなく本音が零れてしまう。

「お願い……ユベール様、奥まで挿入《い》れてください……！　太くて硬いので、思い切り突き上げて……！」

ユベールの表情が、獲物を狙う狼《おおかみ》みたいに獰猛《どうもう》に一変した。

あ、いけない――と、直後に後悔するが、すでに遅い。

勝ち誇った笑みを浮かべたユベールが、全体重をかけてぐぐっと一気に貫いてきた。

「ああっ、あああああーっ」

焦らしに焦らされた身体は、深々と突き上げられて、瞬時に絶頂を極めてしまった。

太い愉悦の衝撃に理性が吹き飛び、あられもない嬌声を上げて大きく仰け反った。

「もう達したか？　この締め付け――たまらない」

ユベールはがつがつと腰を打ちつけながら、セレスティーナの片足を肩に抱え上げる体位を取らせ、さらに奥深くに侵略してくる。

「やぁ、深い……っ、あ、あ、あぁ、当たるのぉ……奥……っ」

膨れた亀頭が子宮口をゴリゴリと削るように突き上げ、そのたびに瞼の裏にばちばちと悦楽の火花が散った。

「あ、はぁっ、あ、あぁ、すご……い、あぁ、すごいのぉ……っ」

豪奢なソファがぎしぎし軋むほどの激しい律動に、セレスティーナは息もつけない。

「君のここも、きゅうきゅう締まって――すごく悦い」

ユベールが掠れた声で唸り、灼熱《しゃくねつ》の肉楔を穿ち続ける。

「あ、あぁ、あ、また達く……あ、イッちゃ……あぁ、どうしよう……っ」

連続して襲ってくる絶頂に翻弄され、セレスティーナは我を忘れてしまう。

「ユベール様、奥、あ、すごく悦くて……あぁ、気持ち、いいっ」

両手首を拘束されているセレスティーナは、背中を弓なりに仰け反らせて、くるおしくよがり泣いた。

　太竿が根元まで突き入れられるたび、じゅっじゅっと新たな淫水が溢れ出て、ともすれば肉棒が滑り抜けてしまいそうなほどだ。

「く――」

　ユベールは大きく息を吐くと、身体ごと覆いかぶさってきて、結合をさらに深めた。

「や、あ、あぁ、すごい、あ、また来る……あぁ、ユベール、またきちゃうっ……っ」

　まるで剛直と蜜壷が一つに溶け合ったみたいに、どこからが自分でどこからがユベールなのかもわからなくなる。

「何度でも、達くといい――ああ、可愛い、可愛いよ、セレスティーナ、乱れる君がたまらない、腰にくる――」

　ユベールの知的な額から玉のような汗がぽたぽたと滴る。悦楽に霞《かす》む目ですぐそこにある彼の表情を見つめると、心地よさげな陶酔した表情になってる。

　ユベールもまた同じ快感を味わっているのだと思うと、セレスティーナはぎゅうっと心臓が甘く締め付けられ、よりいっそう淫らに感じてしまう。

「い、い、ぁ、いい、あぁ、だめ、あぁ、も……もうおかしく……あぁ、ねえ、ユベールっ……」

　媚悦に混濁した意識の中で、セレスティーナは全身で強くイキんだ。

「く――出る――っ、セレスティーナ、一緒に――」

ユベールはセレスティーナの身体を掻き抱き、深く挿入したままガクガクと腰を震わせた。

「ああ、あああぁあぁっ、ああぁっ」

どくどくと肉胴が内壁で脈動し、熱い精が噴き零れる。

セレスティーナの膣襞は、白濁液を奥の方へ呑み込むようにうねうねと蠕動《ぜんどう》を繰り返した。

「……は、はぁ、あ、ぁあ……ぁ」

全身が悦びでがくがくと戦慄《わなな》き、あまりに激しい愉悦に意識が飛んでしまう。

気がつくと、二人は折り重なったまま忙しない呼吸を繰り返していた。

萎えた陰茎を包み込んだままの媚肉は、快楽の名残にひくひくして、頭は朦朧としている。

ユベールが顔を起こし、汗ばんだセレスティーナの額にまとわりついた前髪を愛おしげに撫でつけた。

彼女が目を閉じていたせいで、まだ意識が戻っていないと思ったのだろうか。

ユベールが耳元で甘くささやく。

「セレスティーナ」

セレスティーナはじっと自分の名前の響きを味わう。

「——愛している、セレスティーナ」

そう言われた気がして、はっと瞼を開いた。

「……ユベール様……？」

熱っぽい眼差しで彼の視線を捉え、今聞いた声が現実なのだろうか、と思う。

だがユベールは少し口元を持ち上げて、軽口に戻ってしまう。

「すごいね、君——どんどん感じやすくなって、いやらしくなる」

セレスティーナは恥ずかしくて目を逸らしてしまう。

「ひどいわ……ユベール様のせいじゃないですか」

恨めしげに言うと、彼がくっくっと含み笑いした。

「そうだが、自分の手で君がひとつひとつ性感の扉を開いていく様は、見ていてとても興奮するね。男冥利《おとこみようり》に尽きるというものだ」

セレスティーナは唇をツンとさせて言い返す。

「嬉しそうに言わないでくださいっ」

拗《す》ねた口調で言ったものの、こうやって事後にいちゃいちゃとやりあうのも悪くないわ、と思う。

でもきっと、さっきの言葉は聞き間違いた。

(愛しているなんて——ユベールがそんなことを言うはずがないもの……)

# 第四章　急転直下

その数日後のことだ。

　夜半過ぎ、たっぷり愛し合ったベッドの上で、セレスティーナはユベールのたくましい胸に顔を寄せてうとうとしていた。彼女の乱れ髪を撫でつけていたユベールが、ふと思いついたように話しかけた。

「二人で旅行に出かけないか」

　セレスティーナは微睡《まどろ》みかけた目でユベールを見上げる。

「旅行ですか？　どちらへです？」

　ユベールは言葉を濁《にご》す。

「む——それは言えない」

「でも、お城を空けてよいのですか？　ユベール様はご多忙の身でいられるから……」

「だからだ。私たちはハネムーンにすら行っていないではないか。君はひと言も文句を言わないが、つまらなく思っているのではないか？」

　彼が気遣わしげにセレスティーナの顔を覗き込んでくる。

セレスティーナは内心、ユベールの心遣いが嬉しい。

今のメルトリア王国の現状では、国王代理のユベールが長く城を留守にすることは難しい。だからハネムーンに出かけることがかなわなくても、仕方ないことだと了解していた。でも、行けるものならぜひユベールと二人で旅行に行ってみたい。

「ハネムーンに行けるのは、嬉しいです」

正直に言うと、ユベールの表情がぱっと明るくなる。

「よし！　では、明日の早朝、出立しよう」

「え？　明日ですか？」

なんと気の早い、と思う。

するとユベールが自慢げに言う。

「実は、もう旅支度は整っているのだ。ここのところ兄上の体調がよいようなので、三日だけ休暇をもらった。私が決めたのだから、君が承諾しなくても、引っさらって連れていくつもりだった」

「まあ」

セレスティーナは目を丸くし、苦笑いする。強引なユベールらしい。

「行くに決まってます。だって――私、私的な旅行というものをしたことがないんですもの」

少し恥じらって告白する。

貧しかったグランデ国では、王女が遊興《ゆうきょう》で旅行をすることなどあり得なかった。毎年招待されていたメルトリア王国の『愛の日』のパーティーは、向こうから旅費いっさいを出してくれていたからこそ出かけられたのだ。

セレスティーナはそのことをユベールに打ち明ける。

「だから、年に一回だけ、この国に招かれて小旅行できるのは、それはそれは楽しみでした」

ユベールが少しせつなそうな表情になった。

「そうだったのか。そんなこととは知らず――」

彼は何かさらに言いたそうな表情になったが、ふいにぎゅっとセレスティーナを抱き寄せてきた。

「あ……苦し……」

強く広い胸に掻き抱かれ、セレスティーナは息が止まりそうになる。

ユベールはセレスティーナの髪に顔を埋め、ささやく。

「では、明日からたっぷり、私的な旅行を満喫させてやろう。うんと楽しませてやる」

頭蓋骨に直に響くような甘く低い声に、セレスティーナはなんだかまだ夢の続きにいるのではないかと疑ってしまう。

でも、翌朝目が覚めると、ほんとうにすっかり旅の準備はできていた。

城の正門前に、お忍び旅行用の頑丈で地味な仕立ての馬車が止められていた。前後に警護の馬車が付いている。

すでに馬車の前で待っていたユベールは、旅行用のラフなドレスに着替えてロサリーと出てきたセレスティーナに機嫌よさげに微笑みかける。

「待ち兼ねたぞ、では行くか」

ユベールに手を取られ、旅行用の馬車に乗り込む。後ろの警護の馬車にロサリーが乗った。ロサリーだけはセレスティーナの身の回りの世話係として、同行を許されたのだ。

馬車の窓から顔を覗かせたユベールは、見送りに出ていたエング秘書官に声をかける。

「では行ってくる。何かあれば、早馬《はやうま》か伝書鳩《でんしょばと》を飛ばせ」

「かしこまりました。道中、お気をつけて」

エングは恭しく頭を下げた。顔を上げた彼は、口に手を当ててユベールに何か耳打ちした。

「っ――」

馬車の中からユベールの後ろ姿を見ていたセレスティーナは、彼の耳の後ろがみるみる赤く染まるのを見た。

さっと向かいの席に戻ったユベールは、御者に声をかける。

「出発せよ」

がくんと馬車が揺れ、走り出す。

ユベールはまだ目の周りを赤くしたまま、なぜかむすっと腕組みをしている。

「エング秘書官に、何か言われたのですか?」

セレスティーナが気遣って声をかけると、ユベールは不機嫌そうに答えた。

「なんでもない!」

セレスティーナは肩を竦め、席に小さくなる。せっかくの旅行なのに、出立したとたんにこんなにむくれられてしまうなんて――。

しゅんとしていると、そろそろとユベールの手が伸びてきて頬を撫でた。

「すまぬ、気を悪くさせたな」

セレスティーナは首を振る。

ユベールは、分刻みの日程の中から、セレスティーナとの旅行のために三日も捻出してくれたのだ。それだけでも感謝しなくてはいけない。

「いいえ、いいえ。こうして馬車で揺られているだけで、もう気持ちがワクワクしてきます」

気を取り直し、にこやかに答えた。

プライベートの旅行だし、ここで仲良し夫婦を演じなくてもいいのはホッとする。この三日間は、自分の心のままに振る舞おうと思った。

ユベールもすぐに機嫌を直し、馬車に置かれている物入れから菓子を出して勧めたり、退屈しのぎにと女性雑誌を差し出してきたりする。でも、セレスティーナはユベールと心置きなくおしゃべりがしたかった。

何か話をしてくれと言うと、ユベールは自分が今まで旅行した国や地方の面白いエピソードを語り出した。

もともと弁の立つ彼の話はとても面白く、セレスティーナは相槌《あいづち》をうったり質問したりしながら、胸をときめかせて聞いていた。でも、

「で、どちらに行くのですか？」

という質問だけには、素知らぬふりで答えてくれないのだ。

午前中かけて走り続けた馬車が、徐々に速度を落としてきた。

「お、そろそろだな」

ユベールは気がついたように、窓のカーテンをぴったり引いてしまった。

「え？　せっかく景色を楽しみたいのに……」

セレスティーナが不満を漏らすと、ユベールはいきなりむすっとする。

「いいんだ、もうすぐ到着する」

「でも……」

言い募ろうとする前に、馬車ががたんと音を立てて止まった。

「殿下、到着いたしました」

御者の声に、ユベールはうなずき、セレスティーナに強い声で命令した。

「私がいいというまで、目を瞑っていろ」

「え？」

きょとんとすると、ユベールが苛立たしげになる。

「いいから、目を閉じておけ！」

「は、はい……」

訳がわからないが、これ以上ユベールが不機嫌になるのも困るので、言われたとおりに目を瞑った。

先に馬車を降りたユベールが、セレスティーナの両手を取った。

「目を閉じたまま歩くのは危ない。私が抱いていく」

「え」

返事をする間もなく、さっと横抱きにされた。

「あ」

「いいか、私がいいと言うまで、絶対に目を開けるな」

念を押され、こくりとうなずく。

そのままユベールが歩き出す。

さくさくと何か軽いものを踏むような足音。

そして、嗅《か》いだことのない湿り気を帯びた空気。

強めの風が吹いていて、髪が大きく後ろへなびく。

何かざーざーいう音が大きくなったり小さくなったりして聞こえてくる。

ここはどこだろう。

程なくユベールが立ち止まった。

「よし。いいぞ、目を開けてみろ」

「は……い」

おそるおそる瞼を上げる。

「あっ……」

いきなり鋭い日差しが目を射《い》て、一瞬何も見えなくなった。

目をぱちぱちさせると、次第に目の前に広がる景色がはっきり見えてきた。

「……っ」

セレスティーナは声も出ないほど驚いた。

目の前は一面の青い水だった。

足元は砂場。

波が白く泡立って、ざさんざさんと音を立てて押したり引いたりしている。

こんな大きな湖は見たことがない。

いや、湖ではない――これが噂に聞いた……。

「これ……海、ですか？」

ユベールが満足そうにうなずく。

「そうだ、海だ。君は生まれて初めて見るだろう？」

「ええ……」

グランデ国は山に取り囲まれた乾燥した土地ばかりで、小さな湖が幾つかあるだけだ。

海のことは、絵画や話では知っていたが、自分の目で見たのはこれが初めてだった。

想像していたものより、ずっとずっと雄大だった。

水平線がどこまでも広がって、青い空と青い海の境目がわからないくらい。

「ああ、信じられない……こんなに広いものだったのですね」

感動で声が震える。

「そうだ。君にぜひ海を見せたかったんだ」

ユベールは海の彼方《かなた》に目をやる。

その横顔は憂《うれ》いを帯び、海風にユベールのさらさらした髪がなびき、とても美しい。

二人はしばらく海の風景を無言で見つめていた。

それからユベールは、そっとセレスティーナを砂浜に下ろした。

「少し、歩こうか」

「はい」

ユベールの腕に縋って踏み出そうとしたが、ヒールのある華奢な靴は砂にめり込んでしまいとても歩きにくい。

それに気がついたのか、ユベールがその場に跪いた。

そっとセレスティーナの足を持ち上げ、靴を脱がしてくれる。

「この方が歩きやすいだろう」

「ありがとうございます」

脱がせた靴を片手にぶら下げて、ユベールはセレスティーナと腕を組み並んで砂浜を歩き出す。

裸足《はだし》に乾いた砂の感触がとても心地よい。

「ああ、海風が気持ちいいです……」

海の波が砂浜に寄せては返す光景は、いつまで見ても飽きない気がした。

そして、こんな素敵なサプライズを与えてくれたユベールを心から愛しいと思う。やり方は少し強引でひとりよがりなところがあるけれど、セレスティーナを喜ばせようといろいろ考えてくれたことが、とても胸に響く。

「この海の近くに、王家の別荘があるんだ。別荘の管理人夫妻は料理が上手だ。今夜は、採《と》れたての魚料理を出してもらおう」

ユベールがそう言いながら、腰を屈めて足元の貝殻を拾い上げた。

「桜貝《さくらがい》だ。見てごらん」

彼が小さな二枚貝を差し出す。

両手で受け取って、まじまじと見る。

「綺麗……赤ちゃんの爪みたいなピンク色――これ、宝物にします」

セレスティーナがうっとり見とれていると、ユベールがくすくす笑う。

「セレスティーナ、ここら一帯の砂浜は王家の所有だから、他に誰も取るものもいない。無数の桜貝が落ちているよ。いくらでも、君も好きなものを拾うといい」

確かに、広い砂浜には大小の様々な形をした貝殻が落ちていた。

セレスティーナはしゃがみこんで、小さなロールパンみたいな形をした茶色の巻貝《まきがい》を拾う。

「はい、お返しに、どうぞ」

と、ユベールに差し出す。

ユベールは戸惑ったような顔をしたが、素直に受け取った。

彼が拾ってくれた桜貝を大事そうに両手で包み、セレスティーナは心から微笑む。

「この桜貝は、特別。ユベール様が手ずから拾ってくださったのですもの。他の桜貝とは、ぜんぜん違います、だから宝物なんです」

ユベールが目を眇め、喉がかすかにぐぅっと鳴ったような気がした。

彼は水平線に顔を向け、そっけなく言う。

「ふ、ふん。メルトリアの王弟妃が、貧乏くさいことを言うものではない」

「ふふっ」

いつもならカチンとくる彼のセリフも、今日はこの素晴らしい海に免じて許してあげよう。

だって、幸せなんだもの。とってもとっても幸せなのだもの――。

海辺を散歩してから馬車へ戻り、すぐ近くの別荘へ辿り着いた。

こぢんまりとしているが白亜の美しい建物だ。

普段別荘を管理しているという老夫婦は素朴で穏やかな人たちで、セレスティーナは祖国の民たちを思い出して、懐かしい気持ちになる。

別荘の二階にある夫婦の部屋で、ロサリーに手伝ってもらって軽く沐浴《もくよく》し、新しいドレスに着替えた。洗い髪は結わずに、そのまま背中に梳き流した。

居間に下りていくと、すでに着替えたユベールが寛《くつろ》いだ様子でソファにもたれていた。

シャツとトラウザーズだけのラフな服装も、端整なユベールだととてもお洒落《しゃれ》に見えてしまう。

セレスティーナの姿を見ると、ユベールは機嫌よく声をかけてきた。

「少し早いが、もうすぐ夕食にしよう。早めに食べて、夕方の海辺をまた二人で歩こう」

セレスティーナは笑みを浮かべてうなずいた。初めての海なので、いろいろな景色を知りたかった。

管理人夫婦の心づくしの新鮮な魚料理に舌鼓《したつづ》みを打った後、二人は再び海岸へ出かけた。

別荘から海岸まではほんの数分の距離だ。

ユベールに手を取られ、ゆっくりと砂浜を歩いた。

ユベールは波の届かない砂浜の途中に自分のハンカチを広げ、そこにセレスティーナを促した。

「お座り。もうすぐ落日《らくじつ》だ」

「はい」

二人は肩を寄せ合って腰を下ろした。

今まさに西日がゆっくりと水平線に沈んでいくところだった。

「すごい……綺麗」

セレスティーナはうっとりと夕日を眺める。

空も海も朱色に染まり、照り返しで二人の頬も燃えるように赤い。

ゆらゆらと揺らめきながら、太陽は徐々に海に呑まれていく。

神秘的で荘厳《そうごん》で、深い感動がセレスティーナを包む。

程なくすっかり日が落ち、空と海が群青色《ぐんじょう》に変わると、今度は天上に星々が煌めき出す。やがて、宝石箱をひっくり返したかのような無数の星屑《ほしくず》の天の川がはっきりと見えてくる。

セレスティーナはすっかり時間が過ぎるのを忘れていた。

ふいにふわりと肩にユベールが上着をかけてくれて、やっと我に返った。

「あ……」

顔を振り向けると、ユベールは穏やかな表情で言う。

「海風は身体によくない。そろそろ戻ろうか」

彼に腕を取られてゆっくり立ち上がる。セレスティーナは海に夢中になって、ユベールをおろそかにしたことを後悔する。

「ごめんなさい……ずっと黙ってしまって」

ユベールはセレスティーナのスカートの砂を片手で払ってくれながら、首を振る。

「いや、君がすっかり海に魅了されたみたいで、私も連れてきたかいがあったというものだ」

ユベールの態度がいつもと違いあんまり優しいので、セレスティーナは涙が零れそうになる。

きっと彼も厳しい公務から解放されて、心が寛いでいるせいだろう。

二人でまだ並んで別荘への道を辿る。

「明日は早起きして、日の出を見ようか。また全然違う景色が見られるよ」

ユベールの提案にセレスティーナは手を打って喜ぶ。

「ああ嬉しい！　ぜひ、見たいです」

上気した顔でユベールを見上げると、夜目にも彼の青い瞳が星の瞬《また》きを宿《やど》したみたいに美しく煌めいている。

「セレスティーナ」

ユベールが熱を込めて名を呼び、肩をそっと引き寄せてきた。

「あ」

ぱさりと肩からかけていた上着が砂の上に落ちる。

ユベールのたくましい腕が背中に回り、強く抱きしめてきた。

熱い男の体温がじわりと肌に沁みて、身体が慄く。

ユベールの片手がうなじを支え、顔を上向かせた。

「んっ……」

そのまま唇が重なってくる。味わうように、ユベールの唇が何度もセレスティーナの唇を啄ばむ。その甘く心地よい感触に、セレスティーナはうっとり目を閉じた。

「んぅ……んん」

ほどなくユベールの舌が口唇を割り開き、口内をまさぐってくる。それまでの労《いた》わるみたいなキスから、一転貪るような激しいものに変わっていく。

「は……あ、ん、んんぅ、ふぁ……」

舌の付け根まで舐め回され、啜られ、吸い上げられ、甘美で凶暴なキスに頭がクラクラする。

いつもなら、屋外でキスするなんて人目をはばかるのに、ここには二人きりだという安心感がセレスティーナをいつもより大胆にさせた。自分からも舌を差し出し、おずおずとユベールの舌をまさぐる。ぬるぬると擦れ合う舌の感触に、背中から腰に甘い痺れが走る。

「はぁ、ふ、ふあぁ……んんっ」

ともすれば力が抜けて頽《くずお》れそうになるのを、ユベールのシャツに必死にしがみついて耐える。けれど、ユベールの思うままに舌を堪能され、口中の隅々まで掻き回されると、ぐたっと四肢が萎《な》えてしまい、彼の腕に支えられるだけになってしまう。

「……ん……ふ、ぁ、あぁ……」

艶かしい鼻声を漏らし、ユベールのなすがままになった。

「今日の君は、いつにも増して生き生きしていて、魅力的だ——たまらないね」

長いキスの後、そっと唇を離したユベールは深いため息とともにつぶやく。

「身体が冷えてしまったね、温めてあげよう」

彼は低くささやき、近くの岩場へセレスティーナを抱きかかえて移動する。

平らな岩の上にセレスティーナを抱いたまま腰を落としたユベールは、コルセットを着けていない彼女のドレスの胸元に顔を埋める。

「あっ……だめ……こんなところ……」

キスの余韻に浸っていたセレスティーナは、やっと我に返った。

その時には、ユベールがすでにドレスの前リボンを解いて、乳房を露わにするところだった。夜風に触れると、白い乳房にさっと鳥肌が立つ。淫らな予感にぞくっと肩が揺れた。

「どうして？　ここは王家の所有地。誰もいない、誰も見ていないよ」

ユベールは性急に言いながら、くっとセレスティーナの赤い小さな蕾《つぼみ》のような乳首に歯を立てた。

「ひゃ……うぁ、あ」

強く悩ましい疼きが背中を走り抜け、セレスティーナはびくんと仰け反った。

すでに深いキスの刺激で、下腹部が淫らに疼いていた。

ユベールはちゅっちゅっと、交互に左右の乳首を含み、濡れた舌でくりくりと転がしてくる。

ひりつくような性的な飢えが、みるみる子宮口のあたりに溜まってくる。

「や……だめ……ん、んん」

耐え難い性的な疼きに、腰をもじつかせてしまう。

乳房のあわいから顔を上げたユベールが、密やかな声を出す。

「もう、欲しくなったか？」

羞恥に頬が赤く染まり、セレスティーナは無言でいやいやと首を振る。

「別に恥じらわなくともいい」

ユベールの片手がスカートとペチコートを手繰り上げ、ドロワーズを引き下ろしてしまう。

ひんやりした男の指が太腿を這い上がり、和毛をさわさわと撫でると、淫らな期待に花びらがひくりと戦慄《わなな》き、とろりと蜜を垂れ流してしまう。

ユベールの指先が、陰核を触れるか触れないかの力で撫でる。ひりつくような快感が走り抜ける。

「あっ、あぁっ」

ぬるりと指が滑る感触に、媚肉の奥がきゅんと締まる。

ユベールの長い指が花唇を割って、奥へ潜り込んできた。

「んぁ、あ、は……ぁ」

疼く内壁を擦られると、心地よくて腰が浮く。

「すごい、もうとろとろだ。まだ触れてもいなかったのに」

ユベールは愛蜜にまみれた指を引き抜き、すでにひりひりと赤く充血していた秘玉を懇《ねん》ろに転がす。

「やめ……あ、あぁ、はぁん、んんんぅん……」

恥ずかしくてならないのに、ユベールの愛撫に慣らされた身体は、悦びにくねくねとのたうってしまう。

「もう、挿入《い》れてもいいか？」

ユベールはセレスティーナの答えを待たずに、彼女の両足を大きく広げさせ、自分の膝の上を跨《また》ぐ形にさせた。

「あ……あぁ」

剥き出しの下腹部にユベールの股間が押し付けられ、そこに硬く息づく欲望を感じ、それだけできゅーんと身体の芯が痺れてしまう。

ユベールは素早く自分の下履きを寛げ、熱く屹立したものを掴み出す。太腿のはざまにごつごつ当たる肉塊の感触に、蜜壺が猥りがましくきゅうっと締まった。

「欲しいか？」

耳元で吐息と共に低い声が吹き込まれると、もはや羞恥心も霧散して、コクリとうなずいてしまう。

「そうか。では、このまま腰を落としてみろ」

「え？　そ、そんな……」

女から求めるなんてはしたなさすぎる。

ためらっていると、ユベールが耳殻を甘噛みして促す。

「誰もいない、二人きりだから――」

二人きり。

ぞくんと子宮の奥が痛いほど震えた。

二人を見ているものは星空と暗い海。

政略結婚も、互いの立場も今は忘れ、ただの男と女に。

「ん……」

セレスティーナはユベールの肩に両手を置いて、そろそろと腰を下ろしていく。

綻んだ陰唇に、硬い肉楔の先端がぬるりと触れると、それだけでびくびく腰が慄く。

「ん、んん、ふ……ぁ」

息を乱してなんとか太いカリ首を受け入れようとするが、要領がわからないのと自分の愛液で滑ってしまい、なかなかうまくできない。

「や……できない……」

焦れた声を出すと、ユベールが自ら肉棒の根元に手を添えて固定し、媚肉の中央に押し当ててきた。

「ほら、このまま」

「は、はい…ひう、んんっぅ」

ぐぶりと蜜口の浅瀬に先端が潜り込んできた。

下から押し上げられるような感覚に、思わず腰が引けそうになるが、そのまま徐々に腰を沈めていく。

「ふぁ、あ、挿入って……あぁ、奥に、くる……っ」

疼き上がった淫襞を一枚一枚掻き分けるようにして侵入してくるユベールの剛直の心地よさに、我を忘れてしまう。

根元まで呑み込むと、長大な怒張が内臓まで押し上げてくるような錯覚に陥った。

「あぁ、あ、全部、挿入って……あぁ……ん」

飢えた膣壁が満たされた悦びに、セレスティーナは深いため息を吐いた。最奥まで先端が深々と刺さり、四肢から力が抜けていく。

「ふ、可愛いね、君のここは正直で――嬉しそうに締め付けてくる」

ユベールが息を乱し、ぎゅっとセレスティーナを抱きしめた。

「ほら、自分が気持ちいいように動いてごらん」

「……ん、ん、ぁ……」

そろそろと腰を持ち上げる。膣襞が引き摺り出されるような感触に、ぞわりと快感混じりの怖気《おぞけ》が立つ。

「は、はぁっ、は……ぁあ」

再びゆっくりと最奥まで腰を沈める。じいんと深く甘い愉悦が身体の中心を走り抜け、気持ちよくてたまらない。

「……あぁ、あ、ん、あぁん、は、はぁ……ぅ」

何度か繰り返しているうちに、次第に大胆になって、腰を淫らに振りたてて抜き差しを繰り返した。

「ん――上手だ、セレスティーナ」

「はぁ、あ、ユベール……も？　あなたも、気持ち、いい……？」

「とてもいい――奥が吸い付いてくる。すごく悦《い》いよ」

「あぁ、ユベール……っ」

耳元で艶めいたコントラバスのような声で「すごく悦い」などとささやかれて、ぞわっと身体が熱く身震いした。

「んっ、は、ふあっ、は、はぁ……ぁ」

ぎこちないながらも夢中で腰を振り立てると、結合部からぐちゅんぐちゅんと愛液と先走りの混じった液体の弾ける淫猥な音が響いてくる。恥ずかしいのに、止められない。

「は、ふあ、あ、や、届くの……ぉ」

硬い先端が子宮口まで当たって、その度に脳芯がじーんと快感に痺れた。

「可愛いね——快楽に溺れていく君の姿。ぞくぞくするよ」

おもむろにユベールがセレスティーナの細腰をがっちりと抱え込み、自らも彼女のリズムに合わせて下から腰を突き上げてきた。

「あっ、あ、だめっ……動いちゃっ……はあっ、深くて……ぇ」

さらに奥を抉られる形になり、セレスティーナは感じ入って長いブロンドをばさばさと振り乱した。だか蜜壺はぎゅっとユベールの剛直を締め付けて、離そうとはしない。

「く——喰い千切られそうな締め付けだ」

ユベールが低く唸り、負けじとばかりにがつがつと腰を上下に振り立てた。

「ああっ、あ、だめ、そんな、激し……あぁ、当たる、当たるのぉ」

もはや自分で動くことができず、ユベールの勢いのままぐらぐらと揺さぶられてしまう。

豊かな乳房を上下に大きく揺らし、ぬちゅぬちゅと粘ついた音を立てて、嬉しそうにユベールの怒張を呑み込むあられもない姿が、彼には丸見えだろう。

ユベールはセレスティーナの乱れた様子に、さらに官能を刺激されたようで、子宮口の少し手前の彼女が我を忘れてしまう弱い箇所をずぐずぐと攻め立ててきた。

「やあああっ、あ、だめ、あ、そこ、だめ……っ」

そこを突き上げられると、際限なく感じてしまって止められなくなる。

セレスティーナは目尻に生理的な涙を溜めて、いやいやと首を振った。

「好きだろう？　ここを、こう、されるのが――」

ユベールは「ここ」と言い様、弱い部分を思い切り抉ってきた。

「ひぃう、あ、ひあ、だめ、漏れちゃう、漏れちゃう、からぁ……っ」

際限なく感じてしまうと、下肢がすっかり脱力して、恥ずかしい愛潮を噴き零してしまう。

ユベールはひどく感じた証拠だと喜ぶが、セレスティーナは未だにきまりが悪くて慣れないのだ。

「いい、漏らしてしまえ――ほら」

ユベールは容赦なく繰り返し奥に突き入れながら、さらに彼女の尻肉を掴んでぐるりと円を描くように掻き回した。

「うあぁぁっ、あ、やぁ、は、あ、だめっ……っ」

セレスティーナの陰唇から最奥まで、うねるみたいに小刻みに蠕動《ぜんどう》を始める。

やがて、じゅわあっと奥から大量の愛潮が噴き零れた。

「ああ、出ちゃった……はぁ、あ、あ、あぁ、あぁあぁん」

セレスティーナは啜り泣くような声で喘ぐ。

もはやユベールの思うままに突き上げられ、揺さぶられ、何度も絶頂に追い上げられるだけになる。

「んぁ、あ、達《い》く……ユベール、だめ、また達っちゃう……あ、ぁぁあっ」

蜜口がぎゅっと締まりっぱなしになり、膣襞全体がユベールの肉胴に絡みつき吸い付いてしまう。

真っ白な愉悦の絶頂がみるみる近づいてくる。

「だめっ、あ、あぁ、あああぁぁあぁあっ」

鼻に抜ける甲高い嬌声を上げ、セレスティーナは陸に打ち上げられた魚のようにびくびくと身をのたうたせた。

息が止まり、何も見えず聞こえなくなる。

愉悦の沸点で、身も心も蕩けきってどこかに消滅してしまう。

「……はぁ、は……ぁ、あ……はぁ……っ」

がっくりと脱力し、ユベールの腕に身体を預けたまま、失われた呼吸を取り戻す。

ユベールが震える背中をあやすように撫で、髪の毛に顔を埋めてささやく。

「——気持ちよかったか？」

理性が吹き飛んだこの瞬間だけ、セレスティーナは心から素直になれる。

「はい……とても……」

ユベールは満足そうにうなずき、そろそろとセレスティーナの腰を持ち上げた。

「んんっ……」

まだ勢いを失っていない灼熱の漲《みなぎ》りが抜け出ていく喪失感に、腰がぶるりと大きく震える。

ユベールが丁寧にドレスを直してくれる。彼は自分の前立ても整え、セレスティーナを立たせようとする。

「立てぬか？」

セレスティーナは恥ずかしげにうなずく。足がまだ萎えてしまっている。

「わかった。では、部屋まで抱いていこう」

ユベールが軽々とセレスティーナを横抱きにして立ち上がる。

「――寝室で、最後まで愛し合おう」

いやらしく掠れた声でそう言われ、達したばかりの媚肉が再びかあっと熱くなる。

こんな猥りがましい自分が恥ずかしくて、セレスティーナはユベールの首にぎゅっとしがみつき、顔を見られないようにした。

にわかに波の音が大きくなったような気がした。

彼女は天使か悪魔か――ユベールはつくづく思う。
その晩、ベッドの上でもう一度愛し合い、彼女の中でたっぷり果てた。

旅の疲れもあってか、直後、セレスティーナはことんと深い眠りに落ちてしまう。

ユベールは、その寝姿を飽くことなく見つめている。

シーツの上に広がる長い蜜色の髪はつやつやと光り輝き、あどけない彼女の寝顔を後光みたいに包んでいる。

さっきまで淫らに泣き叫んでいたのに、今はもう天使みたいな寝顔をしている。

元から色白だった肌は、しっとりとして透明感を増し、絹みたいに触り心地がよい。

その肌のあちこちに、ユベールが付けた淫らな赤い痕が散っている様が淫らで妖艶で、寝顔の無邪気さと対照的だ。

平常心のセレスティーナは、純情で恥ずかしがり屋で、でも気の強いところもある。

快楽に溺れると、恐ろしく貪欲だがとても素直になる。

感極まった時だけ、

「ユベール、ユベール」

と、敬称も忘れて名前を呼ぶのがとても心に響く。

自分の名前が、これほど心地よく耳に響くなんて知らなかった。

昼と夜と違う顔を見せるセレスティーナは、底なしに魅力的で惹かれずにはいられない。

彼女を喜ばせようと、無理やり時間を作り出し、この海辺の別荘に来た。

だがもう一つ、ユベールには心に決めていたことがあったのだ。

この三日の間に、セレスティーナに本心を告白しよう、と。

公《おおやけ》の目を気にしないで、二人きりでのびのび過ごせば、きっと言えるとユベールは思っていた。

出立《しゅったつ》間際に、エングがそっと耳打ちしてきた言葉を思い出す。

『どうか、この休暇で殿下のお気持ちが伝わりますように——そしてできうれば、ハネムーンベビーが授かりますように』

最後の言葉は余計だと思ったが、エングの言うことはユベールの心積もりしていたことと一致していた。

さて、どこから話そうか。

そう、初めてセレスティーナを見かけた『愛の日』のパーティーから始めよう。

美しく愛らしい彼女に、どれほど目を奪われたか。

毎年セレスティーナに会えるのを、指折数えて楽しみにしていたのだ。

なのに、未熟な子どもだったせいで、彼女の気を引こうとするばかりに意地悪めいたことばかりしてしまった。

どうして素直になれなかったのか。おかげで逆に嫌われてしまった。

それは大人になっても同じで、政略結婚で奪うみたいにセレスティーナを我が物にしてしまい、彼女の心に深い傷を負わせてしまったにちがいない。

でも、今度こそ正直になろう。

たとえセレスティーナに拒絶されても、好きだという気持ちはびくともしない。

いつかきっと、彼女もわかってくれる。若い二人の間には、いくらでも時間があるのだ。ゆっくりと愛情を育てていけばいい。

そうだ、明日早朝、日の出の海を二人で眺めながら告白しよう。

「そうしよう」

ユベールはひとりごちた。

セレスティーナの長い髪を一房《ひとふさ》手に取り、そこに口づけする。甘い薔薇のシャボンの香りが鼻腔を満たし、甘酸っぱい想いが胸を締め付けた。


だが――夜明け前。

ふいに別荘の扉をけたたましく叩く者がいた。

「開門、開門！　王城からである！」

玄関ホールの隣に部屋がある管理人夫婦が飛び起きて、ばたばたと玄関ホールに飛び出していく物音がする。

セレスティーナを抱きかかえてうとうとしていたユベールは、はっと身を起こした。

「あの声は、エング？」

ユベールは素早くベッドから飛び下り、ガウンを羽織って階下へ向かった。

玄関扉を背に、息をぜいぜい切らしながらエングが立っていた。馬の跳ねなのか、泥だらけだ。早馬を飛ばしてきたらしい。彼はユベールの姿を見ると、しゃがれ声で言った。

ユベールは階段を下りながら眉を顰める。エングがこのように慌てふためいている姿は、初めて見た。

「殿下！　一大事です！」

「何事だ？」

エングは青ざめた顔を伏せ、声を振り絞る。

「夜半過ぎ、国王陛下のご容体が急変し――ご、ご逝去――なされましたっ」

ユベールは背後から鈍器で殴られたようなショックを受ける。

「兄上が――!?」

エングは体力が尽きたのか、がくりとその場に跪《ひざまず》いた。

「お休みのところ誠に申し訳ありませんが、至急王城にお戻りください！」

「――」

ユベールは呆然と階段の途中に立ち尽くした。

頭が真っ白になる。

病弱で伏していることが多かった兄国王だが、ここのところ気分がよさそうで、床から起き上がることもできていた。だからこそユベールも安心して、休暇を取ろうと決断できたのだ。

よもやこんなにも早く身罷《みまか》るとは、思いもしなかった。

「ユベール様、まさか国王陛下が……！」

階段の上で、セレスティーナが息を呑む声がした。

目を覚ました彼女が階段の一番上で、血の気の失《う》せた顔でこちらを見つめている。

「セレスティーナ」

「ユベール様……」

二人はしばし無言で見つめ合っていた。


取るものもとりあえず、ユベールとセレスティーナは首都の王城に戻った。

臣下や侍従たちは、国王陛下の逝去を悼《いた》みつつも、新たなる国王への期待に興奮を隠しきれないようだった。

そう、次の国王の座には第一王弟であるユベールが就くこととなる。

これまでも、国王代理として辣腕《らつわん》を振るってきたユベールが、正式な国王になれば、ますます国は栄えるだろう。誰しもがそう思っていた。

そして――ユベールの妻であるセレスティーナは、この国の王妃となるのだ。

セレスティーナにとっては思いもかけない事態だった。

（小国の王女だった私が、大国メルトリアの王妃になるなんて……！）

呆然としているセレスティーナの気持ちに関係なく、国王陛下の葬儀を経て、新国王になるユベールとともに戴冠式《たいかんしき》に臨《のぞ》むこととなった。

# 第五章　王妃はご辞退申し上げます

以前、首都の大聖堂でユベールと二人並んで、夫婦の誓いを果たした。

そして今同じ大聖堂で、国王と王妃として、この国に忠誠を誓う。

祭壇の前で大司教の祝福の言葉を聞きながら、セレスティーナはまだ夢うつつの中にいるような気がした。

前国王陛下が逝去されて、ひと月も経っていない。

なのに、ユベールもセレスティーナも悲しみにくれる暇さえなかった。

特にユベールは、待った無しの政務に追われていた。

メルトリア国王陛下の突然の死の混乱に乗じて、大陸の列強国たちが不穏な動きをするかもしれない。そのために、国会の中心である貴族議会は早急に次期国王を擁立《ようりつ》することを推《お》し進めた。

ユベールは、兄国王の葬儀の日に、貴族議会により正式に次期国王に指名された。

それからずっとこの日まで、ユベールもセレスティーナも国の頂点に立つ者としての、自覚と義務を強く意識させられた。

「若く美しい国王夫妻に、神のご加護のあらんことを」

式典の最中にぼんやり物思いに耽《ふけ》っていたセレスティーナは、大司教の祝福の締めくくりの言葉に、はっと我に帰る。

そっと傍に立つユベールの横顔を窺うが、彼はまっすぐ前を見たまま瞬きひとつしない。

もとより人並み優れた才覚と自信を持つ彼のことだ、国王になることになんの迷いもないのかもしれない。

祝辞のあと、大司教の前に跪き、王冠を被《かぶ》せてもらう。

まずユベールが戴冠し、次にセレスティーナが王妃の冠を戴《いただ》いた。

女性向けに軽量にしつらえてあるとはいえ、黄金と宝石でできた王冠は、ずしりと頭に重かった。王妃としての責任の重さまで実感する。

「ここに、神の名の下、新国王夫妻が誕生したことを告げる」

大司教の宣言とともに、ユベールがすらりと立ち上がり、セレスティーナに右手を差し伸べた。

片手を彼に預け、ゆっくりと立ち上がると、荘厳な国家の演奏が開始される。

王族の礼装に緋色《ひいろ》のマントを羽織った二人は、大聖堂を埋め尽くした貴族や賓客たちの雨あられのような歓声と拍手に包まれた。

と、セレスティーナは、重ねているユベールの手がかすかに震えているのに気がついた。

ユベールは、顔では余裕と威厳のある笑みを浮かべている。

（ああ……こんなにもふいに、こんなにも若くして国王になって、ユベール様もやはり不安な気持ちなのだわ……）

セレスティーナは思わずぎゅっとユベールの手を握った。

ちらりとユベールがこちらに視線を投げた。

だがすぐに彼は前を向き、満場の人々に向かってにこやかな笑みを浮かべるのだった。

戴冠式後、新国王夫妻は首都の大通りを六頭立ての豪華な金の無蓋《むがい》馬車でパレードした。

沿道を埋め尽くした民たちは、若く美しい新国王夫妻に、心からの歓声と拍手を送ってくれる。

左右の観衆に、二人は満面の笑みで手を振る。

はたからだと、すでに若き国王夫妻は息がぴったりで、王者としての威厳と気品が備わっているように見えたことだろう。

夕刻、王城に帰り着き、最上階に新たに用意された国王夫妻の部屋に戻った。

緊張と疲労で、ユベールもセレスティーナも口数が少なかった。

夜半、沐浴し絹の寝巻きに着替えたセレスティーナは、寝室にも居間にもユベールの姿がないことに気がつく。

（ユベール様、どこへ……？）

部屋を見回すと、ベランダへのガラス戸が開いたままになっているのに気がついた。

ガウンを羽織ってベランダに出ると、手すりにもたれたユベールが星空を眺めていた。

そっと声をかけると、ユベールがこちらをおもむろに振り返る。昼間の緊張感に満ちてぴりぴりした雰囲気はもうなかった。

「セレスティーナ――隣に、ここにおいで」

彼が手招きしたので、セレスティーナはガウンの前を合わせてベランダに出た。

ユベールに寄り添うように手すりにもたれる。

「今日は、ほんとうにお疲れ様でした」

労わりの声をかける。

「うん――」

ユベールはぼそりと答え、しばらく黙った後、静かに言う。

「新婚旅行のことを、思い出していた」

セレスティーナはユベールの端整な横顔を見上げる。

「海に行った時の……？」

ユベールが小さくため息を吐く。

「ああ、あの時は、とても楽しくのびのび過ごしたな」

彼がしみじみした声で言うので、セレスティーナは胸がきゅっと締め付けられた。

「ええ、ほんとうに楽しかったです」

よもやあれが、王弟妃としての最後の日々だとは、思いもしなかった。二人で子どもみたいにはしゃぎ、笑い合った。人目をはばからないプライベートビーチで過ごしたせいか、ユベールもとてもリラックスして優しくて、まるでほんとうに愛し合っている夫婦みたいに過ごせた。

「――私は、いつか自分が国王になるのではないか、と覚悟はしていた」

ユベールは訥々《とつとつ》と語り出す。

「兄上の病状が思わしくなかったから――だが、いざその事態になると、こんなにも重圧だったとは想像もつかなかった」

セレスティーナはそっと口を挟んだ。

「でも、ユベール様は、今までもご立派に国王代理の務めを果たしてきたではありませんか」

ユベールが自嘲気味な笑いを浮かべる。

「それはひとえに、兄上という国王の存在が歴然としてあったからなのだ。兄上が国の頂点におられたからこそ、私は自信を持って政務に取り組むことができたのだ。失ってみて、初めてその存在の大きさに気がつかされた」

「あ……」

彼の腕がセレスティーナの肩を引き寄せた。

ぎゅうっと強く抱きしめられ、まだしっとりと湿り気を残した洗い髪に、ユベールが顔を埋めた。

「少しだけ、このままでいさせてくれ――」

ユベールのくぐもった声が直に頭に響く。

「はい……」

ユベールの声が掠れる。

「兄上——兄上」

彼の肩がひくひくと震えた。

セレスティーナの心臓がどきんと跳ねた。

泣いている？

ユベールが声を押し殺して、泣いている。

今まで、前国王陛下との最後の別れの時も、葬儀の時も、戴冠式の今日まで、ユベールが涙を見せたことはなかった。

彼はあくまで堂々と威厳を保ち、新国王らしく振る舞ってきた。

セレスティーナですら、ユベールの強靭《きようじん》な精神力に驚嘆したくらいだ。いやむしろ、身内の死にとらわれない彼を、少しばかり冷淡だとすら思っていたのだ。

だが、それはユベールの精いっぱいの虚勢だったのだ。

国を背負った国王として、内外に弱みを見せまいとする強がり。

ここにいるのは、弱冠二十歳にして国の命運を背負わされた、孤独な青年だった。

胸がきゅんきゅん締め付けられる。

自信に溢れ、剃刀《かみそり》みたいに鋭い判断と洞察力で政務をこなすユベールには惚れ惚れするけれど、こうやってセレスティーナにだけ弱みを見せてくれる彼は、さらに愛おしいと思う。

セレスティーナはそっと両腕をまわして、ユベールの背中を抱き、あやすみたいに撫でた。

「ユベール様、ユベール様……」

ユベールの気持ちを思いやると、自分が王妃になった重責などいかほどのことでもないような気がした。

「私がいます。ちっぽけな国の王女だった私なんかじゃ、王妃の責務が果たせるかどうか、正直自信はありませんけれど、精いっぱいユベール様を支えます」

「セレスティーナ――」

ユベールが顔を起こし、こちらをじっと見つめてきた。

熱のこもった視線は、もう悲しみを払拭《ふっしょく》していた。

「その言葉に、嘘はないか？」

低い色っぽい声でささやかれ、身体の芯が熱くなり目が潤む。

「もちろんです。とっくに覚悟して嫁いできたのです」

「覚悟――か」

ユベールが言葉を口の中で転がすみたいに発する。少し残念そうな口調だったのは、気のせいだろうか。

すぐに彼はきりりと表情を引き締めた。

「一生の覚悟だぞ」

「ええ」

二人は真摯《しんし》に見つめ合う。

ユベールの掌《てのひら》が、セレスティーナの顔を包んだ。指先が驚くほど熱い。

「セレスティーナ」

ユベールがしみじみした声を出し、そっと唇にキスをする。

そのまま、額や頬、顎、顔中にキスの雨を降らせてくる。

「あ……ん、んん……」

擽ったさと甘い刺激に、セレスティーナは甘い鼻息を漏らしてしまう。

ユベールは再び唇を覆い、深いキスを仕掛けてくる。

彼の片方の手が下りてきて、ガウンの上から乳房をまさぐった。

「あっ……や……こんなところで……」

きゅうっと乳首を摘《つま》み上げられ、じわっと腰が甘く痺れ、慌てて身を引こうとする。

濡れた唇をわずかに離し、ユベールがぞくりとするような熱っぽい眼差しを投げてくる。

「ここでなければ、よいのだな？」

その言葉と同時に、ひょいと抱き上げられた。

そのまままっすぐ寝室に向かうユベールに、セレスティーナはうろたえて口ごもる。

「そ、そういう意味じゃ……」

「そういう意味だろう」

ユベールはそう言い放ち、どさりとベッドの上にセレスティーナを下ろした。

国王夫妻の部屋は、特別貴賓室を全面改装して新たに作られたのだが、中の調度品はセレスティーナの希望で、今まで二人が使っていた馴染《なじ》みのあるものばかりで占められた。

ただ、夫婦のベッドだけは新調された。

以前よりもうひと回りほど広く、紗幕《しやまく》もシーツも毛布もすべて深紅だ。赤は欲情を促すということで、選ばれた。国王夫妻の義務として、後継を生むという目的を果たさせようという意味が込められたのだ。

赤で埋め尽くされた寝室は、ひどく生々しくて落ち着かない気持ちになる。

ユベールは素早くセレスティーナのガウンを剥ぎ、寝巻きの前合わせの帯をしゅるしゅると解いた。

「あ……」

寝巻きの合わせがぱらりと開き、まろやかな乳房が剥き出しになった。

「ああいいね——真っ赤なシーツの上に、透けるように白い君の肌がくっきり浮かび上がって」

ユベールが熱っぽく言う。

「やぁ……」

セレスティーナが恥じらって寝巻きの前を閉じようとすると、ユベールが濡れた声で言う。

「全部見せて。自分で君の恥ずかしい部分まで、全部だ」

そんな艶かしい声で命じられては、セレスティーナは逆らえない。

「う……」

きつく閉じ合わせていた両膝をそろそろと開き、ユベールに向けてM字型に大きく開脚した。もう隠すところなどないくらい、ユベールに身体の隅々まで暴かれているのに、やっぱり恥ずかしい部分を自ら晒すのには抵抗がある。

羞恥心で内腿がぷるぷる震える。

淫部が丸見えになり、媚肉が興奮と羞恥に慄く。股間に痛いほどユベールの視線が突き刺さり、陰唇がかあっと熱くなり、じわっと濡れてきてしまう。

顔を背けて耐えていると、ユベールがぎしっとベッドに上がってくる気配がした。

息づかいと体温を感じるくらい近くにいるが、そのまま手は出してこない。

「もう花びらがひくひくして、蜜が溢れてきているよ」

艶めいた声で自分の性器を描写され、身体が燃え上がるように熱くなる。

秘玉が勝手にツンと尖って、ユベールの長い指で触れてほしくてじりじり甘く痺れてくる。

セレスティーナの気持ちを見透かしたみたいに、ユベールがため息で笑う。

「触ってほしい？　でもまだだめだ。まず、自分で恥ずかしい箇所を開いて、自分で気持ちよくなってごらん」

「う……ぅう……」

ユベールの気持ちを高めるためだと、この頃は彼は自慰を要求してくる。

初めは、自分でろくに触れたこともない部分をいじることに抵抗があった。けれど、恥ずかしさに耐えながら、ユベールの指の動きを頭に思い浮かべて指をうごめかせているうちに、自分の一番感じやすい部分がだんだんわかってきた。

でも、こんな行為、人に見せるものではない。

気恥《きは》ずかしくてで頭が煮え立ってしまう。

「ほら、早く」

ふいにユベールが、足首を持ち上げて、足の裏にぬるっと舌を這わせた。

「ひゃん、ん、あぁ……」

擽ったいのにぞくぞくと淫らな快感がそこから走り、ずきりと媚肉の奥を刺激した。

こういう状態になると、もはや身体のどこもかしこも敏感な性感帯に成り代わってしまう。

ユベールが焦らすみたいにゆるゆると舌を移動させ、足指の間をねっとりと舐め回した。

「ひう、あ、あぁ、やだ……っ」

どうしようもない疼きが下腹部に溜まって、びくびく内壁が収斂した。

陰核がずきずき脈動を打ち、飢えてもはやどうしようもないところまで追い詰められた。

「ほら、自分で触って」

ねろねろと足の裏を舐めながら、ユベールがくぐもった声で言う。

「ふ……う、ぅ」

セレスティーナは催眠術にでもかかったみたいに、濡れそぼった秘所に指を滑らし、陰唇をぱくりと左右に押し開いた。

とたんにそこに滞っていた愛蜜が、たらりと溢れ出て赤いシーツに淫らな染みを作った。

「あ……ん、っ」

指で押し開いたまま、ぬるぬると熟れた花弁を撫で回す。

内壁が刺激にざわめいて、じゅくりと新たな蜜を溢れさせる。

「いいね、すごくいやらしい――でも、まだ一番君が感じる小さな蕾が、物欲しげに膨れているよ」

片方の足指を舐め尽くしたユベールは、もう片方の足首を持ち上げ、ぱくりと小さな足指を口に含んだ。

「んあぁ、あ、だって……ここ……」

濡れに濡れた媚肉を撫で回しながら、セレスティーナは腰をもじもじくねらせる。

その部分に触れたら、自分がどうなってしまうか予想はつく。

もはや理性は半分失われかけている。

ちゅくっと音を立てて、ユベールが足指を吸い上げた。

「はっ、あぁん、ん」

悩ましい刺激が直に子宮の奥を襲う。

「も……やぁ……ぁ」

セレスティーナは中指の腹にたっぷり蜜を受けると、はしたない期待に昂奮《こうふん》しきった秘玉をぬるっと転がした。

「ひ、あ、はぁあっ」

待ち焦がれた刺激に、頭が真っ白になるほどの快感が走った。

「……ん、あぁ、あ、はぁ、ああっん」

一度触れてしまえば、もはや止めようもない。

膨れた陰核の芯を剥き出しにして、円を描くように転がす。

「は、はぁ、あ、んん、んんんぅ」

次から次に愉悦が押し寄せ、恥ずかしい鼻声が止められない。

「ああ、なんていやらしいんだろう——自分で触って、どんどん気持ちよくなってしまうなんて」

ユベールは欲望に掠れた声を出しながらも、舌の動きを止めない。

「ん、ふ、ふぁ、は、はぁ……」

まだ触れてもいないのに、乳首も赤く色づいて硬く凝る。

ひとりでに片手が乳房を揉みこみ、ずきずき疼く乳首を指先で抉って刺激をする。

「あ、あぁん、あ、はぁ、感じちゃ……ぅ」

秘玉を転がすのと同じ要領で乳首を転がし、どこもかしこも疼いて気持ちよくてたまらない。

強い尿意にも似たせつない疼きが、子宮の奥からどんどん湧き上がって、もっともっととセレスティーナを追い立てる。

「……んぁ、あ、ユーベル様ぁ、だめ、も……ぅ」

極めてしまいそうになり、濡れた瞳でユベールを見上げた。

すでに彼は生まれたままの姿になっていて、彼の股間の欲望も昂ぶって猛々しくそり返っていた。

その怒張を目の当たりにして、内襞がひくりと慄いた。あの大きく太い灼熱で、ここを満たしてほしくて――。

「あ……あぁ……もう、ユベール様、お願い……」

くちゅくちゅと蜜口を掻き回しながら、誘うように腰が突き出してしまう。

「すごいね、お尻まで溢れてきて、ぬらぬらといやらしく光っている」

ユベールの淫靡な言葉に、さらに媚肉がざわざわうごめいてしまう。

「でも、まだあげない――まず、自分で達してごらん」

「意地悪……」

せつなすぎておかしくなりそうだ。

もはや我慢できず、ぬちゅくちゅと愛液を弾かせて、指の動きを速めた。

「ん、あ、は、はぁ、あ、あぁっ」

膨れ切って今にも弾けそうな陰核を指で柔らかく押し上げ転がすと、あまりの心地よさに腰がびくびく揺れる。思わず指を媚肉の奥へ埋め込み、臍の裏側あたりのダメになってしまう部分を押し上げた。

「あ、や……だめ、あ、だめ、達《い》く……あ、も、達っちゃう……っ」

ぽってり膨らんだ陰唇が、ユベールを受け入れたくて開閉を繰り返し、膣襞は快感にうねうねと指にまとわりつく。

「はぁ、く、んくぅ、だめ、あ、あぁあぁっ、あーっ……」

背中が仰け反り、セレスティーナはユベールに凝視されながら、自慰で達してしまう。

「……はぁ、あ、は、はぁ……ぁ」

汗ばんだ胸を揺らして、セレスティーナはまだ名残惜しそうに泥濘んだ蜜壺を掻き回した。

「可愛いね――私の前でだけ、素直でいやらしいくて恥ずかしいセレスティーナになる。なんてぞくぞくするんだろう」

ユベールがゆっくりと身体を近づけてくる。

「挿入れて、いいかい？」

セレスティーナは無意識に腰を後ろにずらし、ユベールを受け入れる態勢になる。

「は、い……」

顔を真っ赤に染めてこくりとうなずく。

「足、自分で抱えて、開いて」

言われるまま、膝裏に手を当てて、自らを大きく開く。

くちゅっとユベールの欲望の先端が、びしょびしょの蜜口に触れてくる。

「はあぁっ」

熱い肉塊の感触に、それだけで再び軽く達してしまう。

ぬくりと太く雄々しい男根が入り口を押し広げて、ずぬぬっと侵入してきた。

「はあっ、あ、あぁあっ」

セレスティーナはびくびくと腰を痙攣させ、再び達してしまった。

「ああ締めて――ぬるぬるで熱くて――君は悦すぎる」

ユベールが声を乱し、はあっと深い息を吐く。

そのまま一気に最奥まで貫いてきた。

「あーっ、あ、あぁ、だめぇーっ」

セレスティーナは甲高い嬌声を上げ、また強く達してしまう。

「セレスティーナ、悦い、すごく悦い――」

ユベールはうわ言のように繰り返し、がつがつと腰を穿ってきた。

疼き上がった媚肉を擦り上げながら、子宮口までごりごりと抉られると、瞼の裏にばちばちと愉悦の火花が飛び散り、我を失ってしまう。

「あ、あぁ、すごい……あぁ、ユベール様、すごいのぉ……っ」

「君もすごい――そんなにきゅうきゅう締めたら、すぐに達ってしまう」

ちゃぷちゃぷとはしたない水音を立てながら、ユベールは腰の抽挿をどんどん速めてくる。

「はぁ、あ、いいの……あぁ、奥が……もう……っ」

不自由な態勢のまま、セレスティーナは身悶える。

最奥の弱い部分を突き上げられると、際限なく達してしまうようになっていた。

「だめぇ、だめ、あ、また、達く……あぁ、終わらない、だめぇ」

絶頂がどんどん上書きされて、このまま攻め立てられたら頭がおかしくなってしまいそうな恐怖にかられるくらいだ。

「……やぁ、あ、も、死ぬ……あぁ、死んじゃう……いやぁ、あ、ぁあぁあっ」

「可愛いセレスティーナ、死んで──私の腕の中で、天国へ達くがいい」

ユベールはセレスティーナの背中を抱え込み、さらに身体を密着させて、ぐちゅぬちゅと粘膜を擦り立てた。

「あ、あぁ、も、だめ、あ、あぁ、また、くる……っ、あぁぁあぁっ」

セレスティーナは煌めく絶頂に飛び、ぎゅっと強く目を閉じた。

意識が一瞬失われ、全身が気持ちいいとしか感じない。

「ああセレスティーナ、私も──出るっ」

二人は同時に絶頂を迎えた。

内壁の奥でユベールの肉棒がぶるりと大きく震え、どくどくと熱い精を大量に吐き出す。膣襞がきゅんきゅん蠕動して、白濁液をことごとく受け入れていく。

「は……はあ、は……ぁ、あぁ……ぁ」

セレスティーナの頭は快感に朦朧と霞み、自分が何を口走っているのかも意識できない。

「ユベール……あぁ、すき……ユベール……」

精を放ったばかりのユベールの雄茎が、ひくんと内で震えた。

「セレスティーナ」

低い甘い声が呼ぶ。

そして包み込むように唇を奪われ、セレスティーナの意識はゆっくりと薄れていく。


数日後のことだ。

その日、貴族議会は紛糾していた。

西の砂漠を越えた遊牧民族の国ナゼンダの首長が、貿易税に関してメルトリア国に不利な提案をしてきたのだ。

ナゼンダ首長国は上質な羊毛《ようもう》を産出し、メルトリア王国は毛織り物の大半をかの国からの輸入に頼っている。今までは均等な割り当ての税金で、問題なく輸出入を許可していたナゼンダ首長国が、突如羊毛の関税の減税を申し立てたのだ。

「ナゼンダ国の首長は羊毛の貿易利益が右肩上がりなので、少し増長しているのだ」

「こんな不公平な減税を受け入れるわけにはいかない」

「こちらも、対抗措置として、ナゼンダ首長国への輸出品を減税させよう」

プライドの高い貴族議員の集まる貴族議会では、過激な意見が飛び交った。

議場の最上段の玉座で議会を見守っているユベールは、なぜ今まで公平な取引をしてきたナゼンダ首長国が手のひらを返してきたかを考えていた。

おそらく、前国王が逝去しまだ年若いユベールが国王の座に就いたことで、メルトリア王国が混乱に陥っていると判断したのだ。弱みにつけ込もうと考えたのだろう。

ナゼンダ国の首長は齢《よわい》五十歳、海千山千の喰えない人物だ。

弱冠二十歳のユベールを見下しての申し立てだろう。

ユベールは玉座の肘置きにもたれて沈思していたが、考えが纏まると顔を上げ、議長であるハーレ枢機卿に片手を挙げて合図した。

ハーレ枢機卿が、静粛《せいしゅく》の合図に木槌《きづち》を叩いた。

「静粛に！　国王陛下がご意見なさる」

ユベールはすっくと立ち上がり、円形のひな壇に座っている議員たちを見下ろして、凜と声を張り上げる。

「まずは、ナゼンダと交渉しよう。貿易大臣をナゼンダに送り、あちらの要求の主旨を詳細に質《ただ》し、しかるのちに私を含めて、交渉の座に就くべきだろう」

ユベールには自信があった。

向こうは若造と侮《あなど》っているだろう。そこが相手の足元を掬うチャンスだ。

各国との貿易に関しては、ユベールは何年も前からしっかり学び考察してきた。ナゼンダ首長国が虎視眈々《こしたんたん》と、貿易を有利にしようと狙っていたことは想定内だ。

「どうだろうか？」

ユベールが、ぐるりと議会を見渡した時だ。

「陛下、よろしいでしょうか？」

ふいにハーレ枢機卿が手を挙げた。

「よい」

ユベールがうなずくと、ハーレ枢機卿はおもむろに立ち上がる。

彼はユベールにというよりは、議員たちに向かって話し始める。

「これは、ナゼンダ一国の問題ではありません——大陸の列強が、前国王陛下の逝去以来、こぞって我が国に不利な条件や申し出をしてきています」

ユベールはかすかに眉を顰めた。ハーレ枢機卿の真意をはかりかねたのだ。

ハーレ枢機卿は耳障りの悪いきんきん声を張り上げる。

「国王陛下はお年の割に、非常に優れたお方ではあられます。しかし、失礼ながらやはり若さ故に、各国に付け入られることになっているのは、否定できません」

ユベールが苦笑いする。

「ハーレ枢機卿。だからと言って、私に一気に歳を取れとも言えまい」

ハーレ枢機卿は細い目をさらに細め、ユベールに向き直る。

「ですから——この際、陛下に大きな後ろ盾が必要かと思います」

「後ろ盾、だと？」

「は——大国との強い繋がりです」

ユベールは胸がざわつくのを感じたが、表情は変えない。

「はっきりと申せ――無礼とは思わぬゆえ」

ハーレ枢機卿はわずかに頭を下げた。

「陛下には、国王としてふさわしい王妃をお招きすべきです――例えば、ハーネル皇国のウヴァル皇女殿下のような。幸い、ウヴァル皇女は陛下に好意を抱いておられるご様子」

ユベールはかっと頭に血が上るのを感じたが、かろうじて自制した。

「ハーレ枢機卿、私は既婚であるぞ」

ハーレ枢機卿は、ちらりと小賢《こざか》しい目つきでこちらを見上げる。

「しかしながら、離縁はできまする――ご無礼を承知で申せば、王妃様は小国の出自。なんらかの理由をつけて、国にお帰しになられても、相手のグランデ国は文句は言いますまい」

ユベールは思わず声を荒くした。

「セレスティーナ――王妃は帰さない！」

するとハーレ枢機卿はすかさず言い募る。

「陛下が妃様をお気に入られているのは、じゅうじゅう承知です。では、こういう提案はいかがですか？　セレスティーナ妃様は、側室に格下げし、正妃はウヴァル皇女をお迎えになるというのは――陛下は表向きはウヴァル皇女を妃に据え、セレスティーナ様を側室として存分に可愛がれば、なんの問題もございません」

議会がざわっとした。

「なるほど――それは、よい案である」

貴族議員の誰かがつぶやいた。

ユベールははっと議場に目をやる。

ハーレ枢機卿派閥の議員たちが互いにうなずきあっている。

一人の議員が手を挙げて立ち上がる。

「ハーレ枢機卿、そのご意見は、今の我が国に非常に有益であると考えます」

他の議員も手を挙げた。

「メルトリアとハーネルが手を組めば、大陸の他の列強は手出しできませんね」

「賛成です」

「しかるべく」

次々と、議場からハーレ枢機卿の意見に賛同する声が上がった。

ユベールは愕然《がくぜん》とし、奥歯を噛み締める。

ハーレ枢機卿にしてやられたと思う。

彼は前もって、貴族議員たちに根回しをしてあったのだ。

セレスティーナを排除するのでなく、側室として手元に置いておけるという一見ユベールに有利そうな条件を付け加えることで、ハーレ枢機卿は議員たちを納得させたのだ。

もとより、歴代の国王と貴族議会の権力は拮抗《きっこう》していた。

貴族議会の決定に、国王といえど逆らうことは難しい。国を牛耳《ぎゅうじ》る二大勢力が対立することは、国情に不利益であることは明白であった。

無言で立ち竦むユベールに、ハーレ枢機卿はにこやかにかつ勝ち誇ったように言う。

「いかがでしょう、陛下。この懸案について、決を採《と》らせていただいてもよろしいでしょうか？　我が国のためですぞ」

ユベールは知らず知らず握っていた拳《こぶし》に、じっとりと汗が滲《にじ》むのを感じた。


その日の晩餐は、二人でバルコニーで星空を見ながら摂《と》ろうと、ユベールと朝食の席で話していた。

だが、夕刻過ぎ、にわかに雨が降り始めた。

雨はいっこうに止む気配がない。

(ああ……残念だわ)

セレスティーナは少しがっかりしたが、お天気ばかりは仕方ないと諦めた。

しかも、ユベール列席の貴族議会は延長に延長が続いているという。

夕食の時間はとうに過ぎても、まだ議会は終わらない。

セレスティーナは大理石の上の置き時計を見た。

時刻は夜九時になろうとしていた。

議会が夜に突入する場合、午後九時頃にはいったん休憩が入るのが習わしだ。

国王は議場のすぐ裏手の控え室に下がり、そこで休憩を取る。

（きっと、とても難しい事案を議論しているのね。ユベール様もさぞお疲れだろう）

そこでセレスティーナは思いついた。

「ロサリー、食事係に命じて、晩餐の予定だったお食事を、お弁当にしてもらってちょうだい。私が控え室にお運びするわ」

「かしこまりました」

ロサリーが急ぎ足で部屋を出て行く。

セレスティーナはせめて自分が彼の食事の給仕をして、労《ねぎら》ってあげたいと思ったのだ。

ロサリーに弁当のバスケットを持たせ、彼女を伴って会議場に向かった。

廊下の向こうの会議場の扉越しに、喧々諤々《けんけんがくがく》と論議している声が響いてくる。議会はよほど紛糾しているのだろう。

セレスティーナは会議場の裏手にあたる扉から、国王専用の控え室に入った。

奥の扉の向こうはもう会議場だ。

「ロサリー、そこのテーブルにナプキンと食器をセッティングしましょう」

指示を出しながら、セレスティーナはふと顔を上げる。

「陛下には、国王としてふさわしい王妃をお招きすべきです」

男にしては甲高いハーレ枢機卿の声が耳に飛び込んできた。

「？」

セレスティーナははっとして思わず耳をそばだてた。

「では、こういう提案はいかがですか？　セレスティーナ妃様は、側室に格下げし、正妃はウヴァル皇女をお迎えになるというのは――」

さーっと全身の血が引いていくような気がした。

（私を側室にして、新しいお妃様を迎えるというの？）

ユベールの返答は聞こえず、次々賛同する議員たちの声が喧《やかま》しく聞こえてくる。

セレスティーナは呆然として立ち竦む。

議会はハーレ枢機卿の議案に対して、多数決を採り始めている。

「元妃陛下を側室に降格し、新たに大国ハーネルより皇女を正妃に迎える議案は、賛成多数で可決されました」

拍手の音とどんどんと硬い木槌の音がし、その響きはセレスティーナの心を粉々に打ち砕いた。

（そんな……そんなひどい……ひどすぎる！）

口惜しさに全身が震える。

「王妃様――お部屋に戻りましょう」

察しのいいロサリーが、気遣わしげにセレスティーナの腕に手をかける。

まだざわつく議会場から、静謐《せいひつ》なユベールの声が聞こえてきた。

「この議案、しばし私に預けてくれ――決して国に悪いような決断はせぬゆえ」

セレスティーナには、その声が苦渋に満ちているのがわかった。

「ロサリー、お部屋に帰ります……」

これ以上はいたたまれず、セレスティーナはロサリーに支えられるようにして控え室を出た。

部屋に戻ると、セレスティーナは侍女たちに先に休むと言い置いて、寝室にこもった。

ベッドにうつ伏せで横たわり、煮えくりかえった頭を冷やそうとした。

衝撃と混乱で、胸の動悸《どうき》がおさまらない。

王弟妃になった時から、周囲がこの結婚に不満を持っているのはうすうす感じていた。

それでも前国王陛下が健在の時は、そういう雰囲気は表立ってはなかった。

それが、王妃の座に就いてからは、あからさまになってきた。

国王になったユベールには、自分はふさわしくない。

この国に何かあった時に、小国グランデでは口惜しいが力添えできないのは事実だ。

貴族議会の決議は当然なのかもしれない。

自分は側室の身がふさわしいのだろう。

でも——。

そんなの耐えられない。

ユベールが他の女性に愛を注ぐのを目の当たりにして、平気でいられるほど心は強くない。

身の程知らずと言われようと、ユベールを独占したい。

愛されていなくても、ユベールの傍にいるのは自分だけでいたい。

でも、そんな利己的な気持ちが許されるわけもない。

セレスティーナは知っている。

ユベールが、どんなにこの国の民を幸せにしようと努力しているかを。

まだ若いが、ユベールはやがて稀代《きたい》の名君になるだろう。

そのユベールの足を引っ張りたくはない。

側室に甘んじても、ユベールの傍にいたいか。

セレスティーナは自問自答する。

（いたい。ずっとユベール様の傍にいたい。愛しているのだもの。でも、そんな浅ましい心で、ユベール様のお気持ちを乱すべきではないわ）

一度会っただけだが、ウヴァル皇女はとてもプライドが高い女性だった。小国の王女が側室でユベールにしがみついていることを、疎《うと》ましく思うかもしれない。

政略結婚だったけれど、ユベールはとても優しく扱ってくれた。

からかったり意地悪したりはするけれど、決してセレスティーナを見下したり蔑《さげす》んだりはしなかった。

セレスティーナのことを愛してはいないかもしれないけれど、夫として誠実に接していてくれた。

それだけでも、感謝すべきなのだ。

きっとユベールは国のために、貴族議会の決議を受け入れるだろう。

もしセレスティーナが側室に降格したとしても、彼はそれなりに接してくれるに違いない。

でもいずれ、セレスティーナの存在がユベールの先行きの邪魔になるだろう。

ユベールの人生の軛《くびき》にだけはなりたくなかった。

（ああ……私はこんなにも深くユベール様を愛してしまったんだ）

セレスティーナはしみじみ思った。

結婚したての頃は、自分が幸せで心地よければそれでよかった。

でも今は、自分の幸せより、なによりもユベールの幸せが大事だ。

彼のためなら命を捨てることも厭《いと》わないだろう。

愛は成長し浄化するのだと、初めて知った。それを教えてくれたのは、ユベールだ。

（ユベール様のために……私が為《な》すべきことはなに？）

セレスティーナは深く考え込んだ。

――やがて、セレスティーナは心を決めた。

ゆっくりとベッドから起き上がり、ベランダのある窓に行く。

ガラス越しに空を覗くと、いつの間にか雨は止んでいて、雲の切れ目から月が出ていた。

セレスティーナはそっと窓を開く。

湿り気を含んだ風が火照った頬を撫で、心地よい。

決断すると、不思議と心が軽くなった。

この国に来て、これほど心が澄み切って穏やかになったことはなかったかもしれない。

「ユベール様……愛してます」

声に出してつぶやくと、胸いっぱいに染みるような愛情が拡がっていく。
その日、貴族議会は異例の徹夜となった。

# 第六章　こじれた初恋を育てて

夜明け前、議会はいったん中休みとなった。

論ずべき議題が山積みな上に、ハーレ枢機卿が提案し可決した議案に対しての国王ユベールの返答が待たれたのだ。

さすがに疲労困憊《こんぱい》ぎみのユベールは、エングに支えられて控え室に戻った。

エングは倒れ込むように椅子に座り込んだユベールに、ひざ掛けや温かいミルクティーなどを差し出し、甲斐甲斐《かいがい》しく世話を焼く。

「陛下、お気持ちをしっかりお持ちください。ハーレ枢機卿一派が、議会を煽っているのは明白です。この機に、ハーレ枢機卿は国の権力を手中に収めようと、企《たくら》んでいるに違いありません」

エングからティーカップを受け取ったユベールは、一口含むと思慮深くうなずいた。

「わかっている。彼は昔から権力志向が強かったからな。ここで枢機卿一派に議会を乗っ取られることだけは避けねばならぬ。このままでは、王家の威信が失墜する」

ユベールはしかし、内心穏やかではなかった。

相手は狡猾《こうかつ》だ。

ユベールの一番の弱点をついてきた。

愛しい可愛いセレスティーナ。決して手放したくない大事な存在。

いたいけな彼女を政治に巻き込みたくなかった。だが今やユベールは二択を迫られている。

セレスティーナを離縁するか、側室に落とすか。

どちらも選べるはずがない。

生涯の女性はセレスティーナただ一人と決めている。

彼女を失うことも、他の女性を妻にすることも考えられない。

セレスティーナが傍にいてくれるからこそ、政務に打ち込むことができるのだ。ユベールの人生の生きがいと悦びは、彼女あってのことなのだ。

だが――。

考え込んでいるユベールを、エングは気遣わしげに見守っていた。

小一時間の中休みののち、議会は再開された。

ユベールは心が決まらないまま、立ち上がった。

胸のなかは嵐のように感情が荒れ狂っている。

けれどそれを決して表に出すまい。あくまで、冷静で威厳のある国王として振る舞うのだ。

ユベールは深呼吸すると、議会場へ足を踏み入れた。

すでに議員たちは着席している。

ユベールが玉座に着くと、議長席のハーレ枢機卿がおもむろに立ち上がる。

「では、議会を始めます。その前に――陛下」

ハーレ枢機卿がおもねるような表情で言う。

「かねてよりの懸案――セレスティーナ妃の件について、ご決断をお聞かせ願います」

ユベールはかすかに口元が引き攣るのを感じた。

「さあ、陛下」

ハーレ枢機卿が追いつめてくる。

ユベールは玉座の肘置きをぎゅっと強く掴んだ。

「私は――」

その時だ。

ふいに、議会場の正面扉が大きく開き、誰かが入ってくる気配がした。

議会中は関係者以外は出入りを禁じられているはずだ。

「待ってください！」

その澄んだ鈴を振るような声に、ユベールは心臓がどきりと跳ねた。

扉から中央の階段を、セレスティーナが急ぎ足で下りてくる。

「セレスティーナ――⁉」

王妃の登場に、議会場がざわめく。

ユベールも呆然としてその姿を凝視した。

セレスティーナは議長席の前まで来ると、ぴたりと足を止め、議会場をぐるりと見回した。

「皆さん、聞いてください」

彼女の声は落ち着いていた。だが、語尾がかすかに震えるのを、ユベールだけは聞き逃さなかった。

セレスティーナは深く息を吐くと、凜として言い放った。

「陛下の意向を伺うまでもございません。私は陛下と離縁いたします！」

ユベールは心を強く打たれ、大きな議会場の真ん中で精いっぱい胸を張って立っている、セレスティーナの小さな姿を凝視した。


「私は陛下と離縁いたします！」

きっぱり言い放ってから、セレスティーナは全身から力が抜けそうなのを必死で耐えた。

スカートに覆い隠された足元は、ガクガクと震えている。

議会の重圧に押しつぶされそうで、涙が目に浮かんでくるが、泣くまいと歯を食い縛《しば》る。

気を呑まれたようにこちらをぼんやり見ていたハーレ枢機卿が、はっと我に返ったような表情になる。

「王妃陛下、これは異例な事態であります。本来なら、王妃陛下に退場を命ずるところですが、重大な発言につき、特別に見送ります――さて、王妃陛下」

ハーレ枢機卿が畳《たた》み掛けるように言う。

「ただいまのお言葉に、間違いはございませんか？」

セレスティーナは深くうなずく。

「ええ、小国の出自の私には王妃の地位は荷が勝ちすぎました。もう精神的に耐えられません。ですから、私は国王陛下と離縁して、自国へ帰らせていただきます」

なにもかも嘘偽りだ。

別れたくない。死ぬまでユベールと一緒にいたい。

でも、自分の存在がユベールの立場を悪くするのなら、喜んで身を引こうと思った。

ユベールのためならなんでもできる。命を捧げることすら厭《いと》わないだろう。

だから――身を引くのだ。

ユベールにとっては政略結婚の仮面夫婦だったのだから、きっとセレスティーナの発言に感謝しているだろう。それでいい。

それでも、あまりに辛くてユベールの顔を見ることはできなかった。

頑《かたく》なに視線は議員席の方へ向けていた。

「国王陛下、王妃陛下のお気持ちは斯《か》くの如きです。どうぞ、陛下のご決断を――」

ハーレ枢機卿が勝ち誇ったようにユベールに声をかけた。

「――わかった」

ユベールが玉座を立ち上がる気配がする。

　セレスティーナはぎゅっと目を瞑った。

　ユベールの口から最後通牒《つうちょう》を聞くのは、やはり心臓が抉り出されるような気がする。息を詰めて言葉を待った。

「私は妃を失うくらいなら、今ここで王位を弟シャルルに譲り、退位する決意である」

　議会場がしんと静まり返った。

　ユベールはひと言ひと言、噛みしめるように言う。

　ハーレ枢機卿が目を丸くして声を失う。

　セレスティーナは一瞬、我が耳を疑った。

　思わず振り返り、玉座のユベールを見上げた。

　ユベールはまっすぐこちらに視線を据えたまま、ゆっくりと玉座から階段を下りてくる。

　彼は穏やかで静謐《せいひつ》な声で続ける。

「愛する人ひとりを幸せにできずして、国民全体を幸せに導くことなどできようか」

　ユベールはセレスティーナの前に歩み寄り、優美な動作で跪いた。

「私は妃を心から愛している。彼女無しの人生は考えられぬ。彼女を失ったら、もはや私に国王としての価値はない。ならば、退位するが筋道であろう」

　ユベールはセレスティーナの片手を優しく取り、その甲に口づけした。

「愛している、セレスティーナ。ずっとずっと君を愛していた」

「あ……」

セレスティーナは胸がいっぱいになり、声が出ない。

そんな──こんなの夢に違いない。

ユベールが私をずっと愛していたなんて……。

セレスティーナの瞳から、抑えていた涙がぽろぽろと溢れた。

「ユベール様……私……私だって……」

声が嗚咽《おえつ》に呑み込まれそうなのを、かろうじて耐えて告げる。

「あなたのことを愛しています。愛しているからこそ、身を引く決心をしたのです」

「セレスティーナ──」

ユベールが声を震わせて素早く立ち上がる。そして、そのままぎゅうっと抱きしめてきた。

「君は素晴らしい女性だ──愛している、愛しているよ」

「ユベール様……！」

二人は強く抱き合った。もう二度と離れまいとするように──。

「兄上──国王陛下」

議員席の最前列に座っていたシャルルが、思い切ったように立ち上がって発言した。

「私はもとより、国王の器ではありません。前国王が逝去され、今また兄上を失ったら、この国は立ち行きません。国を思う一議員として、断固として現国王の在位を要求します。そして、王妃陛下の存在が兄上のお心の支えならば、お二人の仲を引き裂く必要などございません」

内気で大人しいシャルルがこれほどはっきりと声を張り上げるのを、初めて聞いた。

「シャルル」

ユベールが感に堪えないようにつぶやく。

ふいに、議場のどこからか発言が飛んだ。

「そうだ、現国王陛下ほどの名君はおられない。陛下無くして、今のメルトリアは無い」

すると、あちこちからそれに同意する声が上がる。

「その通り」

「陛下、どうかこのままで」

「陛下のお心のままになさってください」

ハーレ枢機卿がうろたえる。

「静粛に、静粛に！」

だが、次第にユベールを支持する議員たちの声が議会中に拡がり、ハーレ枢機卿の声は掻き消された。

「ユベール国王陛下」

「ユベール国王陛下」

「ユベール国王陛下」

うわーんと大きな渦巻のような歓声が、ユベールとセレスティーナを包む。

ユベールは片手をすっと優美に上げる。すると議会場は波を打ったごとく静まり返った。

ユベールは議会中を見渡し、重々しい声で言った。

「私はこの妃とともに、この国を必ずもっと豊かに幸福にさせる自信がある。約束する。どうか、先の議案を無効にする決を採ってほしい」

言い終わると、ユベールはセレスティーナの腰を引き寄せぴったりと身を寄せた。

「どこにも行くな。セレスティーナ、君と二人で生きていきたい」

ユベールがセレスティーナの耳元で優しくささやいた。

「……私……ユベール様とずっといたいです」

セレスティーナはくらくらするような幸福感に包まれて答える。

「それでいい。愛している」

「うれしい……」

二人は互いを深い愛情を込めて見つめ合う。

すかさず、シャルルが発言する。

「ではここで、先の王妃を降格する議案を無効にする決議を採りたいと思います」

ハーレ枢機卿が焦った表情で何か発言しようとしたが、それを押しとどめるようにシャルルが声を大にして言う。

「賛成の者は起立を！」

がたん、がたんと椅子の音を響かせ、次々に議員たちが立ち上がった。

ハーレ枢機卿支持派の議員たちのみ、最後まで着席していたが、賛成が圧倒的多数と見るやこそこそと起立を始める。

ついに全員が立ち上がった。

シャルルが満足げにうなずき、ユベールへ向かって恭しく言う。

「満場一致です。国王陛下、王妃陛下、どうか今後も末長くこの国をお導きください」

直後、割れんばかりの拍手が起こった。

ユベールとセレスティーナは抱き合ったまま感動に打ち震えて、言葉を失う。

ハーレ枢機卿は顔を真っ青にして立ち尽くしている。

と、国王の控え室側の扉から、エングが血相を変えて階段を駆け下りてきた。

彼は手に分厚い書類の束を持っている。

エングはユベールに近づくと、素早く耳打ちした。

「陛下、ただいま証拠が揃いました！」

「間に合ったか、エング。ご苦労」

書類を受け取ったユベールは、それをぱらぱらっと捲ると深くうなずき、ハーレ枢機卿に顔を向けた。

「枢機卿。かねてよりあなたは、国の予算を使い込み、私腹を肥《こ》やしていた疑いがあった。私はずっと裏でその調査をさせていたが、今ここに、あなたの屋敷に隠してあった裏帳簿が手に入ったのだ」

ユベールの言葉に、ハーレ枢機卿の顔色がみるみる紙のように真っ白になる。

「前国王陛下が病気がちなのをいいことに、長年やりたい放題をしてきたようだな」

ユベールが眼光鋭くハーレ枢機卿を睨んだ。

「――く」

ハーレ枢機卿が口惜しげにぎりぎり歯を食い縛る。

議員たちから驚きと非難の声が上がり、一時議会場は騒然となった。

騒ぎに動ぜず、ユベールはエングに目で合図した。エングが片手を上げると、扉の外から、待機していたらしい警察兵たちがわらわらと飛び出してきて、議長席のハーレ枢機卿を取り囲む。

「ハーレ枢機卿、警察で詳しく話を聞かせてくれ」

ユベールが落ち着き払って言う。警察兵たちがハーレ枢機卿を後ろ手にして拘束した。

ハーレ枢機卿は鬼のような形相になったが、諦念《ていねん》したのか抵抗はしなかった。

彼が引っ立てられて議会場を退出すると、ユベールはまだ不穏なざわつきが収まらない議会場に向かって、朗々とした声を張り上げる。

「静粛に！　会議はいったん閉会する。次回は来週月曜日に開く。議長代理は――」

ユベールはまだ立ち尽くしているシャルルに顔を振り向けた。

「王弟シャルルを任命する」

シャルルがぱっと顔を紅潮させた。

「兄上――私は」

ユベールが微笑んだ。

「いかなる時も冷静で公平なお前なら、立派に役目を果たせる。頼むぞ」

「はっ――謹《つつし》んで承ります」

シャルルが感動した面持ちで頭を下げた。

ユベールはセレスティーナに向き直り、恭しく手を取り直す。

「では、妃。私たちは退場しよう」

セレスティーナは涙ぐみながらも、笑顔を浮かべた。

「はい、陛下」

まだ夢の中にいるような心持ちだった。

二人は凛とした佇まいで、議会場を後にした。

夫婦の部屋に戻ったとたん、緊張の糸が切れてしまう。なんだか気まずくて照れてしまって、二人はしばらく思い思いの方向を見て押し黙っていた。

大理石の暖炉にもたれていたユベールが、軽く咳払いした。

「セレスティーナ、君はいつから私を――？」

「……ユベール様、いつから私のことを？」

同時に同じ質問をしてしまい、二人は顔を赤らめてまた口を閉ざした。

ユベールが意を決したように切り出す。

「もう随分昔のことだ。君が『愛の日』のパーティーで、初めて我が国にやってきた時――あの頃から、私はずっと君が好きだった」

セレスティーナは目を丸くする。

「そんなの、嘘――だって、ユベール様はずっと私に意地悪ばかりして……」

ユベールは耳朶まで赤く染める。

「あ、あれは君の気を引きたいばかりの、勇《いさ》み足だ」

「そんな……私はてっきり嫌われているとばかり……」

「未熟だった……後悔している」

いつになく殊勝《しゅしょう》なユベールの態度に、嘘は感じられなかった。

「でも……結婚のことは？　あれは父上から言い出した政略結婚のはずです」

ユベールはさらに顔を赤らめる。

「あれは、私の策略だ。君を誰にも取られたくなかったんだ。一刻も早く私のものにしたくて、君が十七になった直後、君の父上に婚姻の話を私から打診した。君を納得させるべく、君の父上から話を持ちかけるように頼んだのだ」

セレスティーナは口をぽかんと開けてしまう。

「そんな回りくどいことをしなくても、正々堂々と求婚なさればよかったのに……」

ユベールは少し声のトーンを落とした。

「――君に嫌われていると思っていたから、政略結婚の形にせざるを得なかったんだ」

「……」

ユベールは怒ったような口調になる。

「プロポーズして君に拒否されたら、私は打ちのめされて立ち直れない。それが怖かったんだ！」

彼は紅潮した顔のままうつむいた。

セレスティーナはじっとユベールを見つめた。

なんだかお腹の底から笑いが込み上げてくる。

いつもは自信満々で傲慢《ごうまん》なくらい行動的なユベールが、こんなにも傷つきやすい心の持ち主だったなんて。恋愛に対しては、信じられないくらい奥手で初々しかったなんて。

しみじみした愛情が胸に満ちてくる。

セレスティーナはそっと立ち上がり、ユベールに歩み寄る。

「私がプロポーズを断るわけがありません。だって、私もずっとあなたのことが好きでした。毎年、あなたに会えるのが嬉しくて楽しみで……どんなに意地悪されても、やっぱり好きでした」

ユベールがおずおずと顔を上げる。

「ほんとうか？」

「ええ、ほんとうです。だから、政略結婚でも偽装夫婦でも、あなたのお側にいられることは、とても幸せでした」

ユベールが心から安堵したような表情になる。

「そうか――」

その少年みたいなピュアな表情に、胸がきゅんと甘く締め付けられる。

その時、セレスティーナは思いついたことがあった。

「ああそうだわ。ユベール様にお見せしたいものがあるの」

セレスティーナは、部屋の隅の自分専用の小さな黒檀《こくたん》の机まで行くと、一番下の引き出しを開けて、古い本を取り出した。それを手にして、また戻ってくる。

「これを……」

本を開いて、そこにあるものを見せた。

「これは——？」

ユベールの語尾が震えた。

「五枚の花びらのユマの花——私が君にあげたものだ」

セレスティーナはうなずく。

「ええ。少年のユベール様が下さったお花。大事にとっておりました。ここに嫁ぐ時、国別れの儀式をして、祖国のものはなにも持って行けなかったのですが、これだけは密かに持ち込みました。とても手放せなくて……」

ユベールは感動の面持ちで、押し花になったユマの花を見つめている。

「そうだったのか——」

彼はぽつりとつぶやく。

「あの君から奪ったお菓子——君の手作りだったのだろう？　食べるのがもったいなかったけ

れど。とても美味しかったよ」

セレスティーナは胸がじぃんと甘く痺れる。

本を閉じて側のテーブルの上に置くと、セレスティーナは両手を差し出した。

「ずっとずっと、愛しています」

「セレスティーナ！」

がばっとユベールがセレスティーナを横抱きにした。

「あっ……」

いきなり身体が宙に浮き、セレスティーナは面食らう。

「ああ、好きだ、大好きだ、愛している」

ユベールはちゅっちゅっと音を立てて、セレスティーナの顔中にキスの雨を降らせた。視界も呼吸も奪われるような激しいキスだった。

「あ、あ……んっ」

そのまま貪るように唇を塞がれる。

「んん、ふ……んぅん……」

性急に舌を探られ、搦《から》め捕られて強く吸い上げられると、心地よさと多幸感で目の前がクラクラした。

ユベールのキスに応じようと、夢中で相手の舌を求め、くちゅくちゅと音を立てて彼の甘い感触を味わう。

心を通わせ愛を確認するような深いキスは、それだけで全身が沸き立つように熱くなってくる。自分の気持ちを伝えようと、拙《つたな》い動作でユベールの唇を喰《は》み、彼の口腔を舐め回すと、それ以上の激しさでキスを返してくれる。

「……は、ふぁ、あぁ……ん」

必死でユベールの舌の動きについていこうとしたが、口蓋の感じ安い部分を舐められると、びくびくと喉奥が震え、舌の付け根を甘噛みされる度、頭の中が愉悦に白く染まる。キスだけで達してしまいそうになる。

「や……ふ、ぁ、あ、も……やぁ」

甘い悲鳴を上げてキスを外そうとする。

「だ……め……だめぇ」

まだまだキスを仕掛けてきそうなユベールに、首を振り立てて唇を振りほどく。

溢れた唾液を舐め取りながら、ユベールが妖艶な表情で見つめてくる。

「なぜ、だめ？」

キスだけで全身が桃色に染め上がったセレスティーナは、羞恥にか細い声で答える。

「だって……キスだけで……もう……」

それ以上は恥ずかしくて言葉にできない。

ユベールがふふっと嬉しげに口の端を持ち上げた。

「達ってしまいそう？」

「……ん」

コクリとうなずき、肯定してから顔から火が出そうになる。

「ああもう、可愛い、可愛いぞ、セレスティーナ」

ユベールがたまらないと言った声を出す。

再び火照った額や頬にキスしながら、ユベールはセレスティーナを抱き上げたまま寝室へ向かう。

「あ……今から？　そんな……」

まだ昼前なのに――。

でも言葉と裏腹に、下腹部の奥がきゅんと甘くうごめいてしまう。

「もう欲しい。そんな蕩けそうな顔をして、だめだなんて言わせない」

ユベールはセレスティーナを抱いたまま、ベッドにもつれて倒れ込んだ。

そのまま有無を言わさず深いキスを続ける。それと共に、ドレスの上から胸を性急に揉まれ、たちまち乳首がつんと尖って鋭敏になってしまう。

服地を押し上げた凝って乳首を、ユベールの繊細な指先がきゅっと摘み上げると、じいんと甘い疼きが臍の奥に走り、腰がぴくんぴくんと浮いてしまう。

「ぁ、ふ、ぁあ……ん」

キスと胸の愛撫だけで頭がぼんやりして、気が遠くなりそう。

「だめだめ、セレスティーナ、これだけで達かせないよ」

ユベールはセレスティーナの首筋に顔を埋め、耳の後ろに舌を這わせてくる。

「あ、あぁん、だめ、耳は……弱いのぉ……」

感じやすい耳朶の後ろをねっとりと舐め上げられると、ぞくぞく震えがくるほど感じ入ってしまう。それと同時に、乳首を優しく爪弾《つまび》かれ、その猥りがましい刺激に、蜜口がじゅわりと濡れてくるのがわかる。

「……は、あぁ、あ、はぁん」

子宮の奥がきゅうっと締まり、せつなくて太腿がもじつき、腰が次第にうねってしまう。耳朶から首筋にかけていやらしく舌が這い回り、胸をいじられるたびにどうしようもなく感じ入ってしまい、腰が大きく跳ねてはユベールの下腹部に打ち当たってしまう。

「あ……？」

彼のそこがすでにはち切れんばかりに張り、昂ぶっているのがはっきりと感じられ、全身の血がかあっと熱くなる。

「いやらしいね、私を刺激して誘っているのかい？」

ユベールはセレスティーナのスカートを手繰り上げ、ドロワーズに覆われた下半身を剥き出しにすると、わざと硬化した自分の下腹部をセレスティーナの腰に押し付けてくる。

「や……違い、ます……」

口では否定したものの、熱い剛直の感触に劣情が煽られて、太腿の狭間はすっかりびしょ濡れになっている。ドロワーズの中心に恥ずかしい染みが拡がっていくのが、ありありと感じられる。

欲しい。

せつなくてせつなくて、ユベールが欲しくてたまらない。

自然と膝が開き、自ら腰を浮かせておずおずと滾《たぎ》るユベールの股間を撫でる。疼く自分の秘部と硬く張った彼の下腹部が擦れると、膣襞が痛みを伴うほどざわめいた。ユベールが薄く笑う。

「これが、気持ちいいのか？」

彼がセレスティーナの腰の動きに合わせて、自分も腰をうごめかせてきた。ごつごつした屹立の刺激に、さらにドロワーズをしとどに濡らしてしまう。

「あ、んん……いい、の……気持ち、いい……」

はしたない行為をしているとわかっていたが、止められない。薄いシルクのドロワーズ越しに、充血した秘玉と熟した陰唇が擦れる心地よさに、セレスティーナは夢中になって腰を振り立ててしまう。

「は……あぁ、あ、あぁ……ん」

しばらく二人はどちらが相手をより感じさせるか競うみたいに、腰を擦り合わせていた。だが、ユベールの張り出した先端がぎゅっと感じやすい花芽を擦り下ろす快感に、セレスティーナの方が先に音《ね》を上げてしまう。

「あ、あぁん、いやぁ、もうだめ、もう……っ」

赤子のような泣き声を上げて、いやいやと首を振る。

「ふふっ、ほんとうにいけない子だな。そんなあどけない顔をして、こんなに淫らに男を誘うなんて」

ユベールが熱のこもった声を出し、片手で素早くセレスティーナのぐしょ濡れのドロワーズを引き下ろした。

「あ、ああっ……」

下腹部が剥き出しになり、セレスティーナは慌てて太腿を閉じ合わせた。

「男を誘う甘い匂いがぷんぷんする」

ユベールは身体を起こすと、セレスティーナの膝裏に両手を当てて、左右に大きく割り開いてしまった。

「やあっ……ん」

ぽってり膨らんだ陰唇がぱくりと割れ、ねっとりした愛蜜がそこから溢れてしまう。

「花びらが真っ赤に腫れて、ひくひくして、なんていやらしい眺めだろう」

「あ、あぁ、見ないで……ぇ」

ひくつく蜜口にユベールの視線が刺さり、被虐的な悦びでぶるりと腰が慄いた。

「小さな蕾も大きく膨らんで、舐めてほしいと言っているね」

ユベールがこれ見よがしに顔を股間に寄せてきた。

「や、違う……だめ……っ」

触れられると予感しただけで、陰核がひくひく刺激を求めるように震えてしまう。

「いいよ、好きなだけ舐めてあげる」

ユベールが見せつけるみたいに舌を大きく突き出し、焦らすみたいにゆっくりと秘玉に近づいてくる。

「や……」

恥ずかしくて目を瞑ってしまう。彼の吐息が和毛をそよがせ、はしたない期待で膣奥がきゅんと締まった。

「だめだめ。ちゃんと目を開けて、私が君を味わうところを見ているんだ」

花芽に舌が触れる寸前で、ユベールが動きを止めて意地悪い声を出す。

「そんな……ぁ」

「言う通りにしないと、このままだよ」

「あ……ん、ひどい……」

刺激を待ち受けていた秘玉が、じんじん苦しいほど疼いてしまう。早くどうにかしてもらわないと、おかしくなりそうだ。

「見る……から」

おずおず瞼を開け、濡れた瞳で自分の恥丘を見つめた。

「いい子だ。さあ、よく見ててごらん」

そう言うや否や、ユベールの熱い舌がぬるりと陰核を舐めた。

「ひうっ、あぁあっ」

待ち焦がれていた口腔愛撫に、甘い痺れが背中を駆け抜けて、腰がびくついてしまう。

ぴちゃぴちゃとユベールは大仰な水音を立てて、花芽を舐め回した。器用な舌先が包皮を捲り上げ、剥き出しにした神経の塊のような雌芯をこそぐみたいに舐め上げた。

「あーっ、あ、あぁ、あぁぁっ」

どうしようもないくらい感じてしまい、セレスティーナは甲高い嬌声を上げ続ける。端整なユベールが、自分の股間で舌をひらめかせている様はあまりにも淫靡で刺激的で、快感に追い打ちをかけてくる。

「やぁ、だめ、あ、も、もう、達っちゃ……ぁ、あ、達っちゃう……っ」

セレスティーナはいやいやと頭を振り立てて、甘く啜り泣いた。

すると、あとひと息というところで、すっとユベールの舌が離れてしまう。

「あ？……」

セレスティーナは蕩けた表情で、ぼんやりユベールを見下ろす。

すると彼は、再び陰核を咥え込み、口の中で硬く凝った秘玉を転がしてくる。

「んんっ、あ、は、あぁ、だめ……っ」

再び快楽の頂点に押し上げられ、セレスティーナの腰がびくびく痙攣し始める。

自在に動いていたユベールの舌が、ふっと止まる。

「あ、や……」

もう少しで頂点に届きそうだったセレスティーナは、焦れた表情でユベールを凝視した。

ユベールの妖艶な瞳に、加虐的な欲望が燃えているようだ。その獣じみた視線に、背中がぞくぞく震えた。

彼はおもむろに陰核を舌先で突いては、軽く吸い上げてきた。

「は、あぁ、あ、それ……あ、お願い、このまま……っ」

また強い刺激が押し寄せ、セレスティーナは身をのたうたせて今度こそ絶頂を極めようとした。

だが、また直前でユベールの顔が離れていく。

「いやぁ、やめないで……っ」

セレスティーナは思わず声を上げてしまう。ユベールが濡れた口元をぺろりと舐め回し、密やかな声を出す。

「達《い》きたい？」

セレスティーナはコクリとうなずく。

もはや内壁の疼きは、耐え難いものに昂まっている。奥をめいっぱい満たして欲しくて。

「ふふっ――でも、まだ、してあげない」

ユベールがくすりと笑いを零し、再び陰唇をくまなく舐め回してくる。

「あっあ、あ、も、やだ……ぁ」

感じやすい浅瀬だけを刺激されるもどかしさに、思わず片手が秘裂に伸びた。

ぬるっと指が滑る感触に、びくりと腰が浮いた。

「は、あぁ、はぁあ……」

蜜口の奥に細い指がくちゅりと潜り込む。きゅっと媚肉が締まって指を締め付ける。自分の内部の卑猥な動きに、全身がかあっと熱くなる。

「我慢が足りないね――自分でいじるなんて」

ユベールが揶揄《やゆ》するような声で言う。自分の痴態を余すところなく彼に見られているかと思うと、羞恥が性的興奮に拍車をかけて、さらにとろとろと愛蜜が溢れてくる。

「だって、だって……」

くちゅくちゅと蜜口の中を指で掻き回すが、自分の指ではとても奥までは届かず、さらに淫らな飢えが増すばかり。

「ん、んぅ、ユ、ユベール……っ」

セレスティーナはくるおしげにユベールを見つめた。

「なんだい？　セレスティーナ」

わかっているくせに、わざと焦らして楽しむユベールが少し憎たらしい。でももう、そんなことは言っていられないほど、膣壁の要求は限界に来ていた。

隘路からぬるっと指を引き抜くと、愛液の糸が長く尾を引く。

指で熟れた蜜口を押し開き、腰をいやらしく揺らした。

「お願い……もう、来て――欲しいの、あなたのが欲しい。挿入《い》れて……ください」

あられもない姿で、はしたないセリフを口にしている自覚ももはやない。

心と心を通わせたことで、ユベールにありのままの自分を曝《さら》け出すことに抵抗が無くなったからかもしれない。

ユベールは、無防備に薔薇色の秘裂を晒しておねだりするセレスティーナの姿を、満足げに喰い入るように見つめている。

「いいね——とても、いやらしいおねだりが最高だ——では、ひとつだけ、私のおねだりも聞いてくれるかな？」

ユベールが熱に浮かされたような声で言う。

「なんでも……なんでも、おっしゃって」

愛するユベールの頼み事なら、なんでもして上げたい。

ユベールはおもむろに自分のトラウザーズの前立てを緩め、膨れ上がった欲望を掴み出した。

その見事にそそり勃った肉茎が目に飛び込んだだけで、ずきんと子宮の奥が反応する。

彼はそのままセレスティーナを跨るような姿勢になり、股間を顔に寄せてきた。

長大な逸物《いちもつ》が目の前に近づき、セレスティーナは目を見開く。こんなあからさまにユベールの肉棒を見たことはなかった。

太い血管が脈打ち、傘の開いた先端の割れ目からは先走りの透明な雫が滴っている。荒々しく昂ぶる怒張に迫力に、息が乱れ劣情が煽られる。

「私のここに、キスしてくれないか？　君の可愛らしい口で、舐めてほしい」

ユベールのくぐもった声が頭上から聞こえる。

「舐め……」

返事をする前に、ぬるっと亀頭の先が唇に押し付けられる。ぷんと濃厚な雄の香りが鼻腔を満たし、あまりに扇情的で頭がクラクラした。

以前なら、恥ずかしくて到底できそうになかった行為だ。

でも、もう何も隠すことも恥じらうこともない。愛する人を悦ばせたいという気持ちがすべてを凌駕《りょうが》する。それに、いつもユベールは丁重に自分の秘部を口腔愛撫して、気持ちよくしてくれる。自分も同じように返したい。

「ん……ふ……」

そろそろと舌を差し出し、剛直の先端を舐めてみる。ぬるぬるした先走り液は、わずかに酸味があり、舌を刺激する。

「……ん、ふ、は……」

ぺろぺろと亀頭の括れまで舐め回すと、ユベールの腰がぶるりと震えた。

「ん――そのまま優しく咥《くわ》えてごらん」

「ん、ふ、こう……?」

口唇を大きく開き、太い先端を受け入れる。

「んんっ……」

唇を窄めて、亀頭の括れをきゅっと締めてみると、ユベールが深いため息を吐いた。

「ああそうだ――優しく吸って」

「ちゅく……ちゅっ、あふ……ん、ふぁ……あ」

鈴口がひくひく震え、さらに大量の先走りが溢れ、セレスティーナの口の中に拡がっていく。先走りと自分の唾液で肉棒の滑りがよくなり、徐々に喉奥まで受け入れていく。

「舌で、裏側を舐めて」

「ん、ふ、はふ……んんぅ」

言われるまま、舌の腹で裏筋を舐め回す。

びくびくと太い剛直が、さらに嵩を増してくる。

「ん――たまらないね。すごく悦い」

ユベールがうっとりした声を出し、彼の両手が優しく頭を撫で回した。

彼が心地よくなっているのだと思うと、誇らしさと共に下腹部の疼きがさらに強くなり、淫欲が高まっていく。

「んん、ふ、はふ、くちゅ、んちゅ……」

拙いながら夢中で頭を振り立て、ユベールの男根を吸い上げては舌を這わし、溢れる先走りを啜り込む。

口蓋のざらつく部分を硬い脈動が擦り上げていく艶かしい感触に、濡れ襞がひとりでにきゅうきゅう収斂しながらつーんと甘く痺れて、それだけで達しそうになる。

「ああ――悦いね、すごく悦い」

感極まったのか、ユベールが酩酊した声を漏らし、セレスティーナの髪をくしゃくしゃに掻き回した。

巨根なのと慣れない動作で、息が苦しくなり顎がだるくなってくるが、ユベールを感じさせたい一心で夢中で頭を振り立てていた。

「悦過ぎて、終わってしまいそうだ——セレスティーナ」

ユベールがおもむろに腰を引いた。

「あ……ふ……ぁ」

ずるりと唾液で赤黒く光る肉棒が引き摺り出される。

「はぁっ、は、はぁ……」

呼吸が解放されせわしなく息を継いでいると、ユベールが身体をずらし、セレスティーナに覆いかぶさってきた。

「最後は君の中で——」

セレスティーナの子宮が淫らな期待にずきんと疼いた。

「嬉しい……来て、早く、欲しい——ユベールが」

両腕をユベールの首に回し、引き付ける。

「ああ、挿入《い》れるよ」

綻びきった蜜口に、灼熱の漲りが押し付けられる。

そして一気に貫かれた。

「はっ、あああああっ」

待ち焦がれたもので満たされ、セレスティーナはあっという間に絶頂を極めてしまう。

背中が弓なりにしなり、腰がびくびく痙攣する。

「く――なんて締め付けだ」

最奥まで突き入れたユベールは、苦しげに息を吐く。

感じ入ったセレスティーナが浅い呼吸を繰り返すたびに、ぎゅっと媚肉が肉棒を押し出すような動きをし、それに抗うようにユベールが力強く腰を穿ち始める。

「あっ……深い……っ、あ、あぁっ」

がつがつと子宮口まで抉られて、セレスティーナは何度も短い絶頂に上り詰めた。

もう二度と離れまいとするように、セレスティーナはすらりとした両足をユベールの腰に絡め、さらに密着を深める。

心も身体もひとつになる悦びに、快感と幸せが胸に満ち溢れて、気が遠くなりそうだ。

「あぁ、ユベール、好き……愛してる……っ」

「私もだ、可愛いセレスティーナ、愛しているよ、誰よりも、どこまでも――」

もはや制御がきかないのか、ユベールはがつがつと力任せに抽挿を繰り返す。

ばつんばつんと激しく粘膜の打ち当たる音が部屋に響く。

「んぁ、あ、また、達く……っ、あ、あぁ、気持ちいいっ……いいのぉ」

全身を波打たせて感じ入ると、媚肉の最奥が彼の怒張に吸い付き、強く引き込もうとする。

最後の熱い波が、意識を天国へ攫おうとする。全身が硬直し、膣壁だけがせわしなく収斂を繰り返した。

愉悦の絶頂で、思考が全部無に染まる。

「やぁ、あ、も、だめ、あ、だめ、あぁぁあぁっ」

「は――ひとたまりもない。もう出すぞ、君の中に――っ」

「ふ、あ、来て、いっぱい……あぁ、来て……っ」

「セレスティーナ――っ」

ぐぐっと腰を突き上げたユベールが、ぶるりと大きく胴震いした。

どくどくっと太茎が脈動し、熱い迸りが弾ける。

「あ、あぁん、あ、熱い……」

セレスティーナは目の前が歓喜で真っ白に染まり、無意識に内壁を蠕動させてはユベールの剛直を絞り込む。

「く――っ」

ユベールは二度、三度、強く腰を叩きつけ、思いの丈のすべてをセレスティーナの中へ注ぎ込んだ。

「ん……ふ、はぁ、は、ふぁ……ぁ」

全身から力が抜け、どっと汗が噴き出す。

「――はぁ――」

ユベールが大きく息を吐き、動きを止める。

愉悦の余韻に浸りながら、ぼんやりした視線でユベールを見上げる。

彼もまた、満たされきった表情で見返してくる。

同じ愉悦を分かち合った二人は、どちらからともなく唇を合わせた。

「ん……」

自分の中がユベールだけでいっぱいになり、彼もまたセレスティーナだけに包み込まれているこの瞬間が、とても愛おしい。

何度も気持ちを伝え合うような、啄むキスを繰り返す。

「愛しているよ、セレスティーナ」

「愛しています、ユベール」

仮面夫婦なんかじゃない、今度こそほんとうの夫婦になれたのだ。

苦しいくらいに彼への愛情が身体中から溢れてきそう。

二人は繰り返し互いの名前を呼び、見つめ合い、キスを交わした。

もう二人を隔てるものはなにもない。

ただ、愛する男女がそこにいるだけ。

生まれてきてよかった——この人に出会えてよかった。

途方もない幸福感に包まれ、二人はいつまでも強く抱き合っていた。

# 終章

その日は、メルトリア王国建国三百周年の記念日であった。

そして、ユベールが新国王の地位について、二年目の春が訪れようとしていた。


早春の佳《よ》き日、国は祝日となり、各地で建国記念の祝い事や催し物がとり行われた。

首都では、王城の中庭にある大広場が一般に開放された。訪れる民たちには、無料で酒や菓子が配られ、楽団が美しい曲を演奏し、広場の中央にしつらえた舞台では、歌唱劇や手品、軽業《かるわざ》などが披露されて、人々の喝采《かっさい》を博していた。

ユベールとセレスティーナは、大広場に面したバルコニーに何度も姿を現しては挨拶をし、民たちの祝福と拍手を浴びた。

日が暮れると、王城から艶やかな花火が幾つも打ち上げられ、歓声が首都全体を揺るがすほどだった。

夜半には、城内の大広間では各国の賓客を招いての大舞踏会が開かれることになっていた。

朝からずっと民衆への挨拶や賓客への応対に追われていたセレスティーナは、舞踏会に出る時間を少しだけ遅らせて、控えの間で休憩を取っていた。それは、セレスティーナを少しでも労ろうというユベールの指示でもあった。

「ほんとうに、すばらしい記念日で、一日中感動しまくりでしたわ」

侍女のロサリーが、ソファで寛いでいるセレスティーナの手足をマッサージしながら、興奮気味に喋《しゃべ》っている。

「そうね――民たちの笑顔を見るにつけ、王妃としてもっともっと励まねばと思うわ」

セレスティーナは心地よい疲労感を感じつつ、自分の思いを口にする。

「君はもう、充分立派な王妃として役割を果たしているよ」

いつの間にか控えの間に入ってきていたユベールが、優しく声をかける。

「あ、ユベール様」

セレスティーナは慌てて立ち上がろうとした。

ユベールが片手を振る。

「ああいい、そのまま寛いで。君に会わせたい大事な賓客をお連れしたんだ」

「え、お客様なら、余計に座ってなど……」

セレスティーナは言葉を途切れさす。

ユベールの背後からおもむろに姿を現したのは――グランデ国王。

「お父上！」

セレスティーナはぱっと起き上がり、夢中で父に抱きついていた。

「セレスティーナ、元気そうでよかった」

父は優しく抱き返してくれる。

「ああ父上こそ、息災《そくさい》でおらましたか？　お会いしとうございました」

国別れの儀式をした花嫁は、二度と祖国へは帰れない決まりになっている。それゆえに結婚以来、セレスティーナは父と顔を合わせたことは一度もなかった。

メルトリア王国妃としての人生には、少しも悔いや不満はなかったが、懐かしい祖国や優しい父のことを思わぬ日は、一日たりとてなかった。

「今回の記念日に、私がグランデ国王陛下を招待した。舞踏会が始まってからでは、それも叶《かな》わない。わずかな時間かもしれぬが、ここで父娘《おやこ》水入らずで過ごすがいい」

ユベールの思いやり深い言葉に、セレスティーナは涙ぐみながらうなずいた。

「ありがとうございます、ユベール様」

ユベールは片眉を上げてにこりとし、そのまま控え室を出て行った。

その背中を見送った父は、慈《いつく》しみに満ちた声で言う。

「異国の地に、お前一人を嫁がせて心痛めていたが、お前が国王に大事にされ愛されていることがわかって、安堵した」

セレスティーナは花が開いたような笑顔を浮かべる。

「はい、父上。私はとても幸せです」

父とひと時、懐かしい祖国の話や嫁いでからの自分の話を交わした。

グランデ国はその後、メルトリア国の援助のもと凶作を乗り切った。今年は根腐れ病も広まらず天候に恵まれて、農作物の生産量は回復しつつある。弟の王太子は勉学に励み、王立学校では常に首席であるという。

祖国のよい知らせを聞いて、セレスティーナはすっかり元気を取り戻した。

濃紫のベルベットの華麗な舞踏会用ドレスに着替えたセレスティーナは、ロサリーに手を取られ、生き生きとした表情で大広間に出向いた。

大広間では、すでにユベールが玉座に着いて賓客の挨拶を受けている。

彼はセレスティーナのドレスに合わせて、錦糸《きんし》で煌びやかな刺繍を施し袖口にレースをあしらった薄紫色のジュストコールに身を包んでいる。ユベールの艶めいた端整な姿は、派手な服装に少しも見劣りしない。

ユベールはしずしずと玉座に向かってくるセレスティーナの姿を目に止めると、ゆったりとした動作で立ち上がり、階を下りてきた。

「待ちかねたぞ、妃。今宵の君は、いつにも増して美しい――ぜひ、最初のワルツを私と踊ってほしい」

彼が優雅に腕を差し伸べる。

セレスティーナは笑みを深くして、その手に自分の手を預けた。

「もちろんですとも」

二人が大広間の中央に進み出ると、招待客たちは壁際に控えた。

王室付きの楽団がゆったりとした曲を奏《かな》で始め、二人はフロアを滑るように踊り出す。

「こうして最初のワルツを踊っていると、君が嫁いできたばかりの頃、ここで初めて踊ったことを思い出すな」

ユベールはなめらかなリードを取りながら、懐かしそうに言う。

「ふふ、そうですね。あの時は私とあなたは誤解し合っていて、笑いながら悪口の応酬をしていましたね」

セレスティーナもしみじみ答える。

「うん、君はわざと私の足を踏んだりしてね。それもお転婆《てんば》で、可愛らしかったな」

「いやだ、もう、言わないで。思い出すと赤面します」

二人が湖に浮かぶ美しい二羽の白鳥のような優雅なダンスを披露し終えると、人々から万雷《ばんらい》の拍手が湧き上がる。

すかさず楽団が次の曲を奏で、招待客たちが思い思いのパートナーとワルツを踊り始める。

ユベールに手を取られて玉座に着いたセレスティーナは、ふと踊っている男女の輪の中に、意外なカップルを見つけた。

「ユベール様……あのお二人?」

隣の玉座に腰を下ろしたユベールは、セレスティーナの目線の先を追うと、いたずらっぽく笑った。

「おや、君は知らなかったのかい?」

シャルル王弟殿下とウヴァル皇女が、仲睦まじそうにダンスを踊っているのだ。

「二人はずっと交際を続けているんだ――シャルルは、昔からウヴァル皇女に好意を持っていたそうだ」

「まあ、そうだったんですね」

「一年ほど前、シャルルに相談を受けてね。『ウヴァル皇女のことが忘れらない。どうしたらよいか』と。私は忠告したよ。ためらわず、自分の気持ちを素直に相手に伝えるべきだと。たとえ拒絶されても、その人のことを愛した時間は自分の一生の宝物になるのだから、と」

セレスティーナはくすりと笑みを零す。

「うふふ、ユベール様は素直になれずに、ずいぶんと遠回りをなさいましたものね」

ユベールが目の縁をわずかに赤らめる。

「そ、それだからこそ、弟には私の二の舞はさせたくなかったのだ」

セレスティーナは熱く見つめ合って踊る二人に、慈愛のこもった視線を送る。

「シャルル様は、とても思いやり深い誠実な男性ですもの。よかったです、シャルル様の真心がウヴァル皇女に通じて」

ユベールもうなずく。

「そうだな。初めはけんもほろろな態度だったそうだが、シャルルが諦めずにアプローチした結果、皇女の心も次第に彼に傾いていったようだ」

「そのせいだったのですね。近頃のシャルル様は、男ぶりがぐんと上がっておりましたもの」

「うん。近々、二人の婚約が公に発表される予定だ」

「まあ！　なんておめでたいこと。メルトリア王国は、お祝い続きですね」

子どものように手を打って喜ぶセレスティーナの様子を、ユベールは愛おしげに見つめる。

彼はセレスティーナに顔を寄せ、耳元でささやく。

「セレスティーナ、愛している」

セレスティーナはぽっと頬を朱に染めた。

「や、やだ、いきなり、こんな席で……」

「今宵の君は、この場の誰よりも美しく艶やかだ。私は君にキスしたくて、抱きしめたくて、うずうずしているんだ」

セレスティーナは擽ったく嬉しいが、公の場なので表情は引き締めた。

「お控えください、ユベール様」

キリッとした声を出そうとしたが、うまくいかなかった。

「ここでは控えよう」

ユベールが顔を離し、玉座にきちんと座り直したので、セレスティーナはほっとした。

その後、舞踏会は盛会のうちに幕を閉じた。

最後の一人の招待客まで見送ると、ユベールとセレスティーナは、腕を組んで大広間を退場した。先導のロサリーと侍従の後から、二人は部屋に戻っていく。

と、回廊の曲がり角まで来ると、ふいにユベールがセレスティーナの腕を引く。

「こっちだ」

「え？」

きょとんとしているうちに、ユベールに回廊に面した中庭に連れ出された。

「あっ……ユベール様、勝手に姿を消しては——侍従たちが心配します」

だがユベールはしっかりセレスティーナの腕を掴んだまま、どんどん先へ進んで行く。

「かまうものか、少しだけ心配させておけ」

「あの……」


今宵の大舞踏会も無事終了し、秘書官のエングはほっとしていた。この記念日のために、ユベールとともに何日も不眠不休で計画を練り、実行に移してきたのだ。

すべてが大盛況のうちに幕を閉じ、エングは満足感を噛み締めている。

何か取り零した粗相《そそう》はないかと城内を巡っていると、廊下の向こうから、王妃付きの侍女があわてふためいて駆け寄ってきた。確か王妃が祖国から連れてきた、ロサリーとかいう侍女だ。

「エング秘書官、大変でございます」

「何事だ。今宵は城内に宿泊する国賓も多い、大きな声を出すものではない」

「し、しかし——国王陛下と王妃陛下が、お部屋にお戻りになられず——どうやら中庭から、お二人で抜け出して行かれたご様子で」

「二人が？」

エングは首を巡らせて、窓から夜空を見上げる。

綺麗な満月が昇っていた。

「まあ――今日の記念日のため、お二人は非常にお心を砕いておられたからな。これからが、お二人だけの無礼講であろう」

ロサリーが意味がわからないと言った風に首を傾ける。

「は？」

「心配ない。いずれお戻りになられる。そっとしておきなさい」

エングはにっこりと笑う。

ふいにロサリーも何かを悟ったように腑に落ちた表情になり、笑顔を浮かべた。

「かしこまりました。お待ちしましょう」

彼女は頭を下げると、来た廊下を戻っていく。

その背中を見送りながら、エングはなかなか聡い侍女だと感心する。

昔から、乳兄弟のユベールは、思い立ったらすぐ行動に移すところがあった。

普段政務の時は、そういうユベールをエングが多少牽制《けんせい》をするのだが、ことが王妃陛下ならば、好きにさせるのがよいだろう。

エングは再び城内の見回りに歩き出す。

二人は、月明かりの下に白く輝く四阿《あずまや》に辿り着く。

ユベールは古代風の柱にセレスティーナの背中を押し付けると、顔を両手で挟んで仰向かせ、唇を奪ってきた。

「あ……ん、んっ、なにを……っ」

いきなり深いキスを仕掛けられ、セレスティーナはうろたえる。

「あの場では控えたろう？　もう、我慢ができぬ」

ユベールは息を弾ませ、再びセレスティーナの唇を割り、舌を思い切り吸い上げてきた。

「ふ、はぁ……っ」

感じやすい舌の付け根を甘噛みされ、ユベールが身にまとう濃密で官能的な香りに包まれて、頭がぼうっと陶酔してしまう。

舌をくちゅくちゅ淫らに絡ませながら、ユベールの手がいやらしく胸や腰を撫で回してくる。

「や、だめ……あ、ぁ……」

巧みな手の動きに、ぞくりと背中が震える。濡れたキスが、首筋から性感帯の耳朶の後ろに移動すると、肌がぞわりと総毛立った。

「めでたさ続きに、もうひとつ祝い事をかさねてやろう」

くぐもった色っぽい声が、熱い息と共に耳孔に吹き込まれ、下肢から力が抜けていく。

「え？　な、なんですか？」

「私たちの子どもだ――」

ユベールが、耳殻にねっとりと舌を這わせる。片手が素早くスカートを捲り上げ、絹の靴下に包まれた太腿をゆっくりと撫で上げた。

「あぁ、あ……ん」

「早く欲しい――君は？」

「そ、それは……ん、あ、そこ……っ」

ドロワーズの裂け目から、長い節くれだった指がぬるりと陰唇に潜り込んできた。

「なんだ、君だって同じ気持ちじゃないか」

ユベールが吐息で笑、くちゅっと猥りがましい愛液の音を響かせる。

「いじわる……んぁ、あ、は……ぁっ」

恨めしげに睨もうとしたが、くりっと鋭敏な秘玉を転がされて、鋭い快感が背筋を走り抜け、悩ましい鼻声を漏らしてしまった。

「そう、私は意地悪だ。それは昔からわかっていることだろう。好きな子には、つい意地悪したくなるんだ」

ユベールは体重をかけるようにしてセレスティーナを柱に押さえ込み、首筋や耳朶を舐め回しながら、包皮を捲り上げて剥き出しにした陰核をころころと撫で摩《さす》る。

「あ、だめ、あぁ、や……あぁ、はぁ、あぁ」

次々耐え難い愉悦が襲ってきて、全身から力抜け、もはや抵抗できない。子宮の奥がつーんと甘く疼き、とろとろとはしたなく愛蜜を噴き零してしまう。

「欲しいだろう？」

背中に響くコントラバスのような声に、両足が誘うみたいに開いてしまう。

「ほ、欲しい……です」

震える声で答える。

「あなたの、子どもが、欲しい……の」

「ああ、セレスティーナ」

ユベールはもどかしげにトラウザーズの前を寛げると、そのまま性急に腰を押し付けてきた。

「あ、はぁっ」

すでにいきり勃った肉棒の先端が、ぬるぬると陰唇を擦っただけで、熱いパンに乗せられたバターみたいに下肢が蕩けるかと思った。

「ああ、君のここが熱くて、溶けてしまいそうだ」

ユベールは酩酊した声でつぶやくと、そのまま一気に挿入してきた。

「んんんっ、ぁんーっっ」

屋外というはばかりから、唇を噛み締めて嬌声を抑えたが、あまりの気持ちよさに一瞬気が遠のいてしまった。

ユベールが深く突き入れたまま、ぐいぐいと肉楔を打ち込んでくる。

「あ、は……深い……あ、当たる……奥に……っ」

「ここ、奥の手前——君の一番好きなところ」

ユベールの剛直の先端が、的確にセレスティーナの感じやすい部分を突き上げてくる。

「は、あ、だめ、そこだめぇ、あ、出ちゃう、からぁ……」

激しい尿意にも似た快感に、下腹部が弛緩し、激しく達したとたんにびゅっびゅっと奥から大量の愛潮が噴き出してきた。

「……あ、あぁ、やだぁ……だから言ったのに……ひどい……」

断続的に潮を噴きながら、セレスティーナは苛烈《かれつ》な快感に身悶える。

「可愛い——感じすぎて、こんなに漏らしてしまう君——最高にいやらしくて、可愛いよ」

ぐいぐいと突き上げるように腰を繰り出しながら、ユベールは掠れた声でささやく。

「んんぅ、あ、あ、だめ、あぁ、もう、いやぁ……」

一度達してしまうと、もはや歯止めは利かず、次から次へと強い媚悦《びえつ》が襲ってきて、セレスティーナは感極まって、赤子のような声で甘く啜り泣く。

「その表情、ああたまらない、もっと乱れて、もっと感じて、セレスティーナ」

ずちゅぬちゅと淫らな水音を立てて、ユベールはがむしゃらに屹立を抜き差しする。

「ふ、はぁ、あ、ぁあ、感じて……あぁ、感じちゃう……あぁん、あぁあ」

感じやすい箇所をことごとく押し上げられ、もはや淫らな嬌声を抑えることもできない。

熱く太い灼熱に煽られて、セレスティーナの全身まで燃え上がってしまいそうだ。

「セレスティーナ、セレスティーナ」

感極まったのか、ユベールはセレスティーナの片足を抱え上げて大きく拡げ、さらに深々と刺し貫いてくる。

「んんぁ、んん、あ、ユベール、ユベール、そこだめ、あ、だめに、なっちゃう」

感じすぎて膝から頽れそうになり、セレスティーナは夢中でユベールの首に両手を回してしがみついた。

「だめになって――私にだけ、恥ずかしい君を見せて。私だけのセレスティーナ」

ユベールのいきりたった肉棒が、狂おしい速度で責め立ててくる。

「は、ふあ、あ、あぁ、い、いいっ……あぁ、いいの、いい……っ」

脳が悦楽に蕩けきって、もはやなにも考えられない。

ユベールの愛を残さず貪り、断続的に襲ってくる絶頂の波に身も心も呑まれてしまう。

「く――締まってきた――達《い》きそうなんだね、セレスティーナ」

きゅうきゅう収斂する媚肉を切り開くみたいに穿ちながら、ユベールが低く唸る。

どくん、と怒張が内壁で脈動し、彼も上り詰めつつあることがわかる。

「ん、あぁ、あ、達く、あ、来て、ください……あなたのもの、全部、全部……っ」

終わりの予感に、腰が自然とユベールの律動に合わせてうごめき、さらなる高みへ導こうとする。

「お――出る――全部、出すぞ、君の中へ」

ユベールががくがくと腰を震わせた。

「はぁ、あ、ください、あ、あぁ、来て、あ、達く、あ、は、はぁあっっ」

セレスティーナは腰をくねらせながら、悦楽の絶頂に飛ぶ。

同時に、膣襞に包まれた太茎がどくんと脈打ち、びゅくびゅくと大量の白濁がセレスティーナの最奥へ放たれる。

「……あぁ、あ、全部……あぁ、熱い……んぁ、ぁあぁあ」

蜜壺が熱い精液で満たされるのを感じながら、セレスティーナは全身を強張らせ、ぎゅうっとユベールの剛直を締め付けた。

「――ふ」

ふいに動きを止めたユベールが、荒々しく息を吐き出す。

「ん……ん、ぁ……」

硬直した身体から、徐々に力が抜けていく。

愉悦に朦朧とした頭の隅で、セレスティーナはきっと今、子どもを宿したに違いないと、思う。

「……ユベール……」

セレスティーナは愛しい人の名前を呼ぶ。

「愛しているよ、セレスティーナ」

ユベールがこの上なく優しい声で答えてくれる。

悦楽で霞む目で夜空を見上げれば、煌々《こうこう》と照らす満月。

降るような星々の煌めき。
セレスティーナはしみじみ思う。
これからも、この人の傍で生きていく。
悲しみも喜びもすべて分かち合って。
ユベールの髪に顔を埋め、そっと瞼を閉じる。
幸せの涙が、目尻から一筋頬を滑り落ちた。

# あとがき

皆さん、こんにちは！

すずね凜です。

今回は両片思いの二人の、じれじれ甘々のお話です。

愛し合う二人が、すれ違いや衝突を繰り返しながら、自分たちの愛を深めていく過程をお楽しみください。


ところで、私はお話を書いていると、主人公たちはもちろんですが、脇役にも一人か二人、とても気に入った人物ができてきます。

今回は、ヒーローの母違いの弟のシャルル殿下が、それに当たります。

ハイスペック万能ではないけれど、とても思いやりと知己に富んだ人物で、書いているうちに彼にも幸せになってほしいなぁ、と思い始めました。それで、ラストにちょこっとだけ、彼のエピソードも追加しました。

脇役といえばですね——先日私は個人的に、ネットで読者様プレゼント企画をしたんです。

その中の目玉は、読者様に私の著作の中で好きなキャラクターを選んでもらい、その番外編を書いてプレゼントというものでした。

見事その抽選に当たった読者様から、意外なリクエストが来ました。

「『略奪されたシンデレラ』の中に出てくる、エドワード皇太子とフローラ王女のお話が読みたいです」

二人はそのお話では脇役でした。

でも、私はその二人もとても気に入っていて、頭の中にはその後の二人のストーリーもあったんですね。それで、読者様がこのリクエストをしてくださった時は、ほんとうに嬉しかったです。ああ、脇役にまで気を配ってくれているんだ、って。

締め切りあるのになにやってんだと、編集さんにはしかられそうですが、いそいそとその二人の番外編を書かせていただき、とても喜んでもらえました。

こういうの、作家冥利につきる、というのでしょうか。


さて今回も、いろいろご迷惑をおかけした編集さんに感謝いたします。

また、美麗なイラストを描いてくださったＳＨＡＢＯＮ先生にも心よりお礼申し上げます。

主人公の二人がほんとうに素敵で愛らしくて、最高です。

最後に、この本を手に取ってくださったあなたにもお礼を！

これからも、愛に満ち溢れたお話を書き続けたいです。

すずね凜

時間転移したら
憧れの英雄に溺愛されました！
Novel クレイン
Illustration 旭炬
俺の妃になれ。
そして一生側にいろ
侯爵令嬢フィオリーナは、二百年前の英雄アレクシス王をモデルにした小説を愛読していた。国の混乱に乗じた過激派に誘拐され、湖に落ちた彼女は、時空を越えてアレクシスのいる時代に飛び、不遇な王子だった頃の彼に助けられてしまう。とまどいつつお互いに惹かれ合う二人。「ぐちゃぐちゃだ。本当に感じやすいな」彼と結ばれ幸せを感じるフィオリーナだが、自分の知る歴史からいずれ彼と別れなければならない運命を悟っていて!?
好評発売中！

ガブリエラ文庫

MSG-076
# ツンデレ王子の新婚事情♡
## 殿下、初夜からすごすぎます

2019年4月15日　第1刷発行

著　者　すずね凛　©Rin Suzune 2019
装　画　SHABON

発行人　日向 晶
発　行　株式会社メディアソフト
〒110-0016　東京都台東区台東4-27-5
tel.03-5688-7559　fax.03-5688-3512
http://www.media-soft.biz/
発　売　株式会社三交社
〒110-0016　東京都台東区台東4-20-9　大仙柴田ビル2F
tel.03-5826-4424　fax.03-5826-4425
http://www.sanko-sha.com/
印刷所　中央精版印刷株式会社



すずね凛先生・SHABON先生へのファンレターはこちらへ
〒110-0016　東京都台東区台東4-27-5
(株)メディアソフト ガブリエラ文庫編集部気付 すずね凛先生・SHABON先生宛

ISBN 978-4-8155-2026-7　Printed in JAPAN